Mattia Signorini

LA SINFONIA DEL TEMPO BREVE

Romanzo

Salani Editore

ISBN 978-88-8451-840-8

dal 1862
Gruppo editoriale Mauri Spagnol
Milano

www.salani.it

1

Prima di andarsene da questa vita il signor Green Talbot sorseggiò un bicchiere di limonata fresca e rivolse lo sguardo alla finestra della sua stanza.

«La cosa peggiore che può capitare a un uomo è di morire in un ospedale» disse una volta, molto tempo prima.

Doveva ancora compiere vent'anni, all'epoca, e stava per acquistare con un sacco di cambiali le vetrine Lou Saunders.

«Vi pagherò in due anni al massimo» promise ai suoi creditori, che lo guardarono increduli.

E ci riuscì.

Perché Green Talbot era un uomo fuori dal comune, e qui si racconta la sua storia, che inizia da una casa vicino a un bosco, in Inghilterra, e finisce sopra un letto d'ospedale in un buco di paese nel nord dell'Italia.

Ma come diceva talvolta da ragazzo Green Talbot, a torto o a ragione, l'inizio e la fine di una storia possono anche essere strappate dal foglio.

A ragione o a torto, questo diceva.

TRANQUILLITY

2

Il soldato Gregory Talbot e sua moglie Maria si erano sposati pochi mesi prima nella piccola chiesa del reverendo Barry, più per la pancia di lei che cresceva, che per il bisogno di unirsi in matrimonio. A quei tempi, funzionava così.

Il reverendo Barry aveva incontrato Gregory Talbot svenuto e in fin di vita, sdraiato su una barella puzzolente verde disperazione, con una fasciatura al posto della gamba destra. Lo aveva benedetto e aveva cercato di tracciargli, sulla fronte, una piccola croce con il pollice sporco d'olio.

« Che Dio ti abbia in gloria » aveva detto.

Ma Dio, o chi per lui, non aveva alcuna intenzione di portarsi Gregory Talbot sulle spalle, o almeno, non ancora. Il reverendo Barry dovette ripetere l'operazione tre volte. Ogni volta che intingeva il pollice nella piccola ampolla, l'olio scivolava dal dito senza lasciare traccia.

« Se continua così facciamo notte » si disse.

Non un pensiero da uomo di chiesa, ma in quella tenda da campo c'erano decine di soldati che aspettavano l'estremo saluto. La terza volta, finalmente, il suo dito si sporcò, e non una goccia scivolò via. Quando stava per imprimere la piccola croce sulla fronte immobile del soldato, arrivò l'infermiera di turno.

« Reverendo Barry, c'è da cambiare la medicazione ».

Il reverendo Barry fece un lungo sospiro d'impazienza e alzò gli occhi al cielo, o meglio, li poggiò sul punto più alto di quel tendone da campo che era dello stesso verde disperazione delle barelle.

Quando Gregory Talbot si svegliò, pochi minuti dopo, il reverendo fu richiamato indietro.

« Un miracolo » disse l'infermiera guardando il soldato con i suoi occhi verdi.

« Una fortuna del diavolo » sbottò il reverendo Barry.

Qualche mese dopo Gregory Talbot era tornato forte come un tempo, o quasi. Prima che lasciasse il campo, il reverendo gli raccontò quella faccenda delle sue dita che non si sporcavano d'olio.

« Si vede che Dio, o chi per lui, si stava già portando troppa gente sulle spalle » disse Gregory Talbot.

« Qualcuno ha allungato quell'olio con l'acqua » grugnì il reverendo.

Fu così che si lasciarono, con la promessa che finita quella stupida guerra sarebbe andato a trovarlo, nella piccola chiesa di cui era il pastore, a Tranquillity.

Si sposarono proprio lì, lui e Maria, chiamando come testimoni la vecchia vedova Shelby, che arrivava in chiesa tutte le mattine alle otto per pregare, e la proprietaria del negozio di salumi Hillary Mark, che passava per caso.

« Volete sposarvi? » chiese il reverendo.

« Vogliamo » disse Gregory Talbot.

E il reverendo, tracciando gesti nell'aria, li sposò.

Quando furono uniti in matrimonio Maria chiese a suo marito che cosa avrebbero fatto, adesso. La guerra aveva bucato le speranze e messo a tacere tutti i progetti per il futuro.

Guardò le case di Tranquillity e le piccole strade costeggiate da giardini di erba fina e bassa, e pensò che le sarebbe piaciuto restare. Era ancora inverno, ma il gelo da quelle parti sembrava arrivare più lentamente.

Tutto era più lento, a Tranquillity.

Erano lì solo da due giorni e non avevano visto nessuno andare di fretta per strada o parlare a voce troppo alta o litigare. Ognuno degli abitanti aveva un lavoro dignitoso. Non c'erano vagabondi per strada o ubriaconi sdraiati sul tavolino dell'unico pub.

Sentì una voce alle spalle.

«Gregory Talbot?»

Dietro di loro c'era un uomo in frac con in testa un cappello a tubo. La pancia prominente esercitava una notevole pressione sull'unico bottone agganciato della giacca, che ballonzolava come se fosse sul punto di esplodere.

«Sono il sindaco Ray Wonder» disse il sindaco Ray Wonder allungando una mano e tenendola lì, ferma, fino a quando Gregory Talbot non si decise a stringerla. «Stavamo aspettando solo lei. Ma siete arrivati in due». Guardò la pancia di Maria. «Anzi, in tre. Meglio» disse ancora il sindaco Ray Wonder. «Tranquillity sta crescendo, e voi ne siete la prova».

Gregory Talbot stava per dire qualcosa, ma non ne ebbe il tempo.

«È rimasto un posto vacante, capite? L'abbiamo tenuto per lei, capite?»

Gregory Talbot avrebbe presto imparato che nessuno viene invitato a Tranquillity senza un motivo, e che non è così facile andarsene. Il reverendo Barry, tra tutti quei soldati impazziti che correvano a destra e a manca, aveva chiesto proprio a lui di raggiungerlo. Non erano ammesse persone frenetiche, da quelle parti. E Gregory Talbot, con la sua unica gamba, faceva al caso loro.

Occupò la piccola casa in cima alla collina e diventò il nuovo guardiano del bosco. La gente di Tranquillity aveva timore del bosco, come in genere si teme ciò che è sconosciuto. Erano convinti che un guardiano sarebbe riuscito a tenerlo dentro i suoi confini.

« Ma un bosco non si muove! » disse Gregory Talbot.

« Non si sa mai » gli rispose il sindaco Ray Wonder.

3

Il guardiano del bosco Gregory Talbot camminava tra i primi alberi con la sua unica gamba.

Centinaia di suoni si sommavano e moltiplicavano per tutto il giorno, ma per chi come lui era abituato al rumore della gente, quel bosco era fatto di silenzio.

Ogni tanto, in quelle mattine di primavera, si fermava e puntava lo sguardo in alto. Fasci di sole come spilli bucavano la coltre degli alberi.

Sua moglie Maria era in casa a riposare. Quando la sentì urlare e chiamare il suo nome, Gregory Talbot si girò, buttò via il bastone di legno e usò la sua unica gamba come fossero quattro. Sfrecciò per il sentiero che portava fuori dal bosco e corse fino a raggiungere l'uscio.

La stanza era immersa nell'oscurità. Maria stava su una poltrona zuppa di sangue. In braccio teneva una cosa piccola e verde, che non respirava.

Gregory Talbot non disse niente, gliela strappò di mano. La colpì con uno, due, tre schiaffi, ma continuava a restare verde. La rimise in braccio a Maria, andò ad aprire una delle finestre.

Di colpo, la luce entrò.

Nello stesso momento la cosa verde cominciò a singhiozzare, e si fece di un colore sempre più chiaro. Gregory Talbot l'alzò e vide che era un maschio.

Suo figlio aveva scelto il primo mattino per dire buongiorno a questo mondo.

4

Lo chiamarono Green. Verde era il colore con cui suo padre era vestito quando lavorava per l'esercito, verde il colore del nulla quando aveva calpestato una mina, verdi gli occhi di quella donna che l'aveva rimesso in sesto all'ospedale, e che poi lui avrebbe sposato. Verde era anche il colore del bosco.

Green Talbot rimase a lungo senza parlare. Già dai primi mesi riusciva a intendere tutto quello che gli veniva detto. Si faceva capire indicando le cose e gli piaceva stare ore sotto il porticato di casa a guardare, giù in fondo, i primi alberi del bosco. Muoveva la testa in ogni direzione, lentamente, come volesse immagazzinare tutti i suoni che sentiva.

Ascoltava suo padre parlargli dell'America, dove aveva vissuto per un breve periodo prima di essere chiamato alle armi,

«*Il posto migliore dove stare se non ne hai visto nessun altro*»,

dei mesi in guerra,

«*Che mi venga un colpo se prenderò ancora in mano uno di quegli stramaledetti fucili*»,

e di sua madre,

«*Vedi, tua madre è un angelo. Non puoi chiamare in altro modo chi salva le persone*»,

e ascoltava il suono del tabacco che bruciava nella pipa quando suo padre aspirava, dei tronchi spaccati quando faceva legna e della sua voce che gli raccontava le favole prima di andare a dormire.

Qualcuno può credere che un figlio senza parole sia un figlio senza qualche rotella, ma Gregory Talbot e sua moglie Maria la pensavano diversamente. Era pieno di gente che parlava, continuamente, di cose che non interessavano a nessuno.

In un certo senso Green Talbot era stato una benedizione.

5

Nei primi cinque anni della sua vita Green Talbot imparò così bene ad ascoltare le persone che in breve tempo tutti quelli che avevano qualche problema andavano da lui e gli parlavano della loro vita.

Trovava che le vite delle persone fossero come le favole che gli raccontava suo padre, solo un po' più tristi. Imparò che non è sempre necessario fare domande, e infatti lui non ne faceva.

In breve tempo fu l'unico abitante di Tranquillity a conoscere tutti i segreti di chi viveva da quelle parti, ma non ne rivelò mai uno che fosse uno.

Il reverendo Barry si accorse che molti meno fedeli andavano in chiesa il sabato pomeriggio a parlare con lui, e molti di più risalivano il sentiero della casa al limitare del bosco. Lo lesse come un segno di Dio, e si convinse che un giorno Green Talbot avrebbe preso il suo posto.

Il sindaco Ray Wonder notò negli abitanti di Tranquillity una crescente tendenza alla serenità, e si ritrovò con meno lavoro da fare. Lo lesse come un segno del destino, e si convinse che un giorno Green Talbot avrebbe preso il suo posto.

Quanto a lui, se avesse potuto esprimere il suo parere, avrebbe detto a tutti che il lavoro di suo padre era la sola cosa che desiderava fare, una volta diventato uomo.

Con il passare degli anni Gregory Talbot si addentrò sempre meno nel bosco e lo osservava dal suo limitare. Era come se dal bosco provenisse una strana presenza, poco rassicurante. Come se i suoni, un po' alla volta, si stessero sottraendo e dividendo.

Ma tutto questo avveniva molto, molto lentamente.

Poi arrivò la primavera per la quinta volta. Non appena Gregory Talbot e sua moglie si misero a tavola per il pranzo videro che Green era rimasto in piedi.

« Non ti siedi? » chiese sua madre.

E lui, per la prima volta, parlò.

« Mi portate a vedere il bosco? »

Disse proprio così.

6

La prima volta in cui Green Talbot vide il bosco pensò che era il posto più bello dove fosse mai stato. Non che ne avesse visti molti altri. Non era mai uscito da Tranquillity, come tutti i bambini nati lì, del resto. Gli piacevano molto il negozio di salumi di Hillary Mark, con quel suo odore stagnante di carne, le forme di pane dentro le ceste nella bottega del fornaio Almery e la piccola cappella del reverendo Barry. Andava molto d'accordo con il reverendo Barry. Gli raccontava sempre le storie di quel signore che andava in giro per il mondo a cambiare le idee della gente. Lo affascinava che lo facesse senza imporle a nessuno, quelle idee.

Ma quando entrò nel bosco non c'erano negozi di salumi, né ceste di pane, né i racconti del reverendo a tenere banco.

Erano gli alberi così alti da nascondere il cielo a rubargli lo sguardo, e le decine di suoni che non riusciva a capire.

«Sono gli uccelli del bosco» gli spiegò suo padre.

«Cosa dicono?»

«Qualsiasi cosa dicano, deve ancora nascere qualcuno che riesca a capirli».

«Un giorno parlerò con loro!» disse allora Green.

Suo padre lo guardò come si guarda un pazzo. Poi lo guardò come si guarda un figlio.

«Un giorno» gli disse.

Da quando Green Talbot iniziò a parlare, gli abitanti di Tranquillity si fecero vedere sempre meno alla casa sulla collina. E così imparò che alla gente piace molto essere ascoltata, e molto meno rimanere ad ascoltare.

Da quando aveva scoperto il bosco, seguiva sempre suo padre al lavoro. Lo osservava stare fermo, in silenzio, e guardava con lui gli alberi.

«A te non sembra che questa foresta abbia qualcosa di strano?» gli chiese un giorno suo padre.

«A volte».

Suo padre continuò a muovere gli occhi verso l'alto, come se dovesse succedere qualcosa da un momento all'altro.

L'indomani sarebbero andati alla cappella del reverendo Barry. Era arrivata l'ora di battezzare la piccola Kathy Almery, la figlia del fornaio e di Hillary Mark.

Kathy era nata in un giorno d'autunno, quando le foglie cominciavano a rosseggiare e il vento soffiava più forte. Non nascevano molti bambini a Tranquillity, e quel battesimo fu un evento.

Gli abitanti della città prepararono un banchetto all'aperto, una tavolata lunga un fienile. Non importava che l'inverno fosse alle porte. Stavano seduti a festeggiare, intabarrati in giacconi di lana. A metà della festa il sindaco Ray Wonder si alzò in piedi e levò in alto un calice di vino rosso.

«Un brindisi per la piccola Kathy Almery. Tranquillity sta crescendo, e questa ne è la prova».

In pochi anni Kathy divenne una delle bambine più belle che si fossero viste in tutta l'Inghilterra da molto tempo. Portava i capelli in lunghe trecce bionde e aiutava sua madre al negozio di salumi. Diceva ai clienti «buongiorno signore» e «arrivederci signore». Ogni tanto guardava di nascosto suo padre impastare il pane. Le piaceva il profumo di caldo che riempiva il negozio per tutta la mattina.

Quanto a Green Talbot, andava a scuola ogni giorno accompagnato da sua madre, con addosso un grembiule blu di una taglia più grande. L'intera scuola elementare di Tranquillity era composta di dodici bambini. Si imparava a leggere e scrivere e far di conto. E si insegnava che la vita va presa senza troppa fretta.

A Green Talbot piaceva ascoltare la maestra Lil Sommers che spiegava l'alfabeto. Si divertiva a mettere insieme le lettere e a formare le parole. La prima parola che scrisse fu *Bosco*. E la seconda, *Maria*.

Aveva preso ad andarci, in quel bosco, di nascosto da suo padre. Si accorgeva che più si addentrava e più gli alberi si facevano fitti e i cardellini si mettevano a fare discorsi. Parlò per diverso tempo con loro nella lingua degli uomini, ma non riceveva mai risposta. Allora un pomeriggio provò e provò, e alla fine con una specie di fischio disse: «Tu-uiiit».

E si sentì rispondere, dall'alto: «Benvenuto a te!»

Fu così che imparò due cose. Che non tutti parlano la stessa lingua. E che i cardellini sono uccelli educati. Pensò che fosse abbastanza, per quel pomeriggio.

7

Ma un giorno si addentrò così tanto che non riuscì più a capire dove si trovava. In quel punto l'erba era gialla. Ampi tratti di terreno erano ricoperti da zolle smosse. Provò a chiamare i cardellini, ma non ottenne risposta. In tutta la sua vita non aveva mai sentito un silenzio del genere. E conobbe per la prima volta quella sgradevole sensazione di freddo, che avrebbe ben presto imparato a chiamare con il nome di paura.

Mai suo padre, e nemmeno il sindaco Ray Wonder, e nemmeno il precedente guardiano del bosco si erano spinti così in là.

Si mise in ascolto, come lui sapeva fare, e riuscì a distinguere in lontananza dei suoni che non conosceva. Era come se il vento frenato dagli alberi fosse libero di andare e passasse a gran velocità tra gli steli di un'erba molto più alta di come l'aveva mai vista. La fine del bosco non doveva essere lontana. Cosa avrebbe trovato, dall'altra parte?

Era indeciso se proseguire o tornare indietro. Il sole era ormai tramontato, e rimanevano pochi minuti di luce prima che ogni cosa fosse inghiottita dalla sera.

Fu allora che li vide.

Due occhi gialli che si facevano avanti nel buio, sempre più vicini. Qualcosa lo stava guardando, e il rumore dei rami secchi spezzati era a ogni momento più forte. Sentì una specie di ringhio, un suono basso e terrificante.

Era diventato di pietra, incapace di muoversi. Gli occhi gialli lo puntavano pieni di rabbia.

Poi sentì, molto lontano, una voce che chiamava il suo nome.

E allora Green si girò, senza pensare a niente, e corse, con gli occhi sbarrati, più veloce che poteva. Sentì il fiato spezzarsi in gola, ma lui non si fermò. Corse, per la prima volta in vita sua, verso quella voce, lontana, quel sottile chiamare Green, Green, fino a che si fece più chiara, sempre di più. Andò a sbattere contro qualcosa di duro e cadde a terra.

Era la gamba di suo padre.

Il sindaco Ray Wonder convocò in un'assemblea tutti i cittadini e fece raccontare a Green quello che aveva visto. Erano ammutoliti. Alcuni di loro si erano portati una mano alla bocca e tenevano gli occhi socchiusi.

«Quello che è successo oggi» disse il sindaco, «non lascia addito a dubbi. Il vecchio guardiano aveva avvertito molti di noi».

Il giorno successivo venne affisso un editto alla porta di ogni casa.

Su ordinanza del sindaco Ray Wonder
e del reverendo Barry
è fatto divieto a ogni abitante
di addentrarsi nel bosco, per qualunque motivo
e di tenere comportamenti
che possano dispiacere alla Bestia

Per il sindaco Ray Wonder e il reverendo Barry c'era una sola spiegazione a quello che aveva visto Green

Talbot. La Provvidenza aveva mandato di nuovo un segno infernale per ammonirli.

La prima volta in cui fu vista la Bestia, quasi un quarto di secolo prima, Tranquillity non era la città che sarebbe diventata. I costumi dei suoi abitanti erano molto più liberi e non c'erano regole rigide a governarli. Fu quello il periodo in cui il giovane Ray Wonder diventò sindaco.

Nel giro di un anno la casa in collina cambiò tre guardiani. Sparivano così, da un giorno all'altro. Nessuno sapeva più che pesci pigliare. La spiegazione venne data dal giovane reverendo Barry. Un segno di Dio per il malcostume della città. Occorreva darsi nuove regole di comportamento.

Il giovane reverendo Barry organizzò gruppi di preghiera e fu vietato di tenere comportamenti avventati, che potessero risultare offensivi a chicchessia, in terra e in cielo. Furono bandite le discussioni ad alta voce, l'uso di alcolici e l'incontro degli amanti prima che il matrimonio fosse celebrato.

Ma, evidentemente, non era bastato.

Dopo il racconto di Green furono intensificati i turni di preghiera e Gregory Talbot fu incaricato di portare offerte in cibo alla Bestia. Le lasciava al limitare del bosco ogni prima domenica del mese.

Green Talbot non si avvicinò più a quel sentiero, per quasi un anno. E ogni tanto, mentre diceva le sue preghiere, parlava nella lingua dei cardellini.

8

Il grosso difetto di Green Talbot, perlopiù sconosciuto a tutto il resto degli abitanti di Tranquillity, era la curiosità.

Cominciava ad annoiarsi alle lezioni della maestra Lil Sommers. Ormai scriveva intere pagine di frasi e non si divertiva più come una volta. Provò anche a modificare l'ordine delle parole, ma non ebbe molto successo. La prima volta in cui presentò un compito che per metà era fatto di frasi come:

Ho non imparato a scuola sono andato oggi e nuovo niente di,

e per l'altra metà di:

Ftu-iiit frii-uiuiu tu-i-iiit,

la maestra Lil Sommers mandò immediatamente a chiamare sua madre.

«Si sente bene, suo figlio?»

«Cosa intende?»

«Mi ha consegnato un compito senza senso».

Sua madre provò a leggere. Non ci riuscì.

«È senza senso».

«Gliel'ho detto».

«Non capisco».
«Tra due mesi c'è l'esame per la licenza elementare».
«Due mesi».
«È necessario che non succeda più una cosa del genere».
«Non si preoccupi» disse sua madre. «Non succederà».

Al suo ritorno mise Green in castigo. Lo obbligò a rimanere in casa fino a quando i risultati a scuola non fossero tornati quelli di un tempo.

Tuttavia non cambiò molto nella sua vita. Da quando il sindaco Ray Wonder e il reverendo Barry avevano stabilito regole più ferree per la città di Tranquillity, nessun bambino poteva uscire di casa tranne che per andare a scuola e per la messa della domenica.

Green Talbot scrisse il tema successivo in un linguaggio che tutti potessero capire. Parlò dei fiori, della primavera, delle prediche del reverendo Barry e del lavoro di suo padre. Tornò a casa con un ottimo voto scritto in pastello rosso accanto al suo nome.

«Bravo il mio Green» disse sua madre.

Aveva dieci anni, ormai. Passò a pieni voti l'esame per la licenza elementare. Il premio, quel pomeriggio, fu che i bambini potevano uscire di casa per giocare.

Il grosso difetto di Green Talbot, perlopiù sconosciuto a tutto il resto degli abitanti di Tranquillity, era la curiosità.

Dopo aver giocato un po' con gli altri bambini, senza che nessuno se ne accorgesse risalì la strada della collina, prese il sentiero del bosco e si fermò ai primi alberi.

Sentì di nuovo tutto quel gorgogliare di voci. Sentì arrivarne dall'alto una nella sua direzione.

« Finalmente! » disse uno dei cardellini. « Ci chiedevamo che fine avessi fatto ».

« Me lo chiedevo anch'io » rispose Green.

Da quel giorno ricominciò, ogni tanto, ad andare nel bosco, quando sua madre era presa con le pulizie della casa e suo padre occupato a spaccare legna. Arrivava al limitare e parlava con i cardellini. Poco alla volta tornò ad addentrarsi nel fitto della vegetazione. Si sa, i bambini tendono a dimenticare gli episodi spiacevoli. Ma Green Talbot si ricordava benissimo di quegli occhi gialli e fluorescenti nel buio. Lo avevano visitato molte volte in sogno, da quel giorno. Lui però cercava di non pensarci.

9

Quegli anni passarono, nella tranquillità di un luogo che non ammette cambiamenti. La gente di Tranquillity sembrava aver dimenticato l'episodio della Bestia e le abitudini di tutti erano ritornate alla normalità.

Già da un po' di tempo Green aiutava suo padre nel lavoro. Aveva imparato a sorvegliare il bosco e a spaccare legna, a riparare gli steccati e ad aggiustare i tetti quando pioveva dentro. Andava spesso giù in città a giocare con gli altri ragazzini, anche se i loro giochi lo annoiavano. Stavano quasi sempre seduti in cerchio a lanciare biglie contro il muro. La biglia che di rimbalzo si avvicinava di più al grosso pallino in vetro vinceva tutte le altre.

Nella sua dodicesima estate, mentre parlava con un cardellino, questi gli disse: «Ho un brutto presentimento. Corri, Green!»

E lui si mise a correre. Aveva due gambe che sembravano otto. Sfrecciò per il sentiero che portava all'inizio del bosco, prese la strada di casa e corse, fino a raggiungere l'uscio. Suo padre era accasciato a terra e sua madre piangendo gli teneva la testa. Quando lo vide riuscì a dire solo: «Corri, Green! Va' in paese, chiama qualcuno».

Partì che aveva il vento nelle gambe, non riusciva a pensare a niente, si lasciò la casa alle spalle, scese come una freccia per la strada della collina, correva e correva, a vederlo pareva un fulmine, fino a quando arrivò in paese, entrò nel negozio di salumi di Hillary Mark, superò la coda di clienti, si mise davanti a loro e disse: « Sono Green Talbot. Mio padre sta male. Chiamate il dottore ».

Suo padre morì il giorno stesso. Il sangue gli era scoppiato nel cervello. Dicevano così. Maria piangeva di un pianto lento e ininterrotto come se la sua vita, da quel momento, non valesse più di un ramo secco.

Green ritornò a fare silenzio. Non parlò per qualche mese. Poi una mattina andò da sua madre, guardò a lungo il suo volto invecchiato e le chiese: « Mi racconti di come hai conosciuto papà? »

10

Gregory Talbot correva, con i pantaloni inzaccherati di terra, sopra il suolo della Francia.

Era il 1918.

Correva insieme agli altri del quarto battaglione, sotto il comando di Sir Henry Rawlinson. Era uno che aveva alle spalle più di qualche successo, perciò i suoi soldati combattevano con tre o quattro briciole di fiducia. Che non era cosa da sottovalutare in quegli anni dimenticati e bui.

La battaglia cominciò alle quattro e venti del mattino, sul suolo francese di Amiens. E c'era nebbia, densa, da ogni parte.

Il quarto battaglione si trovava a nord del campo di battaglia. Al centro i canadesi e gli australiani. E dalla parte opposta, a sud, i francesi. Non sarebbe stata una bella giornata per i tedeschi, ma questo, loro, ancora non lo sapevano.

Quando venne dato l'ordine, i soldati del quarto battaglione si spinsero in avanti, tra la nebbia che toglieva la vista.

Gregory Talbot aveva nel petto il fiato di dieci guerrieri e due gambe che sembravano otto. L'aria era umida e lui sentiva, denso, il respiro che gli risaliva dai polmoni e si scioglieva nel vento.

Non sparò nemmeno un colpo. Sentì un botto, poi più niente.

Quando si svegliò era in una branda e sentiva un dolore lancinante a una gamba. Svenne quasi subito.

Lo davano tutti per moribondo. Ma quando aprì gli occhi la seconda volta, c'era una donna che lo stava medicando. Aveva un buffo accento italiano.

11

Green e Maria passarono insieme altri cinque anni, senza particolari preoccupazioni. Green andava in paese, faceva la spesa e parlava con le persone. Era diventato un buon amico di Kathy, la figlia di Hillary Mark e del fornaio Almery.

Aveva solo undici anni, ma a guardarla negli occhi si leggeva il futuro. A guardarla in quell'azzurro chiarissimo si vedeva già la donna che sarebbe diventata. Non ce ne sarebbero state di pari in tutta l'Inghilterra, e forse nemmeno nel resto d'Europa.

Un giorno, il primo di molti altri, la portò con sé nel bosco. La tenne tutto il tempo per mano.

Scambiò qualche parola con due o tre cardellini. A Kathy sembrava che emettessero dei suoni strani e piuttosto sporadici, per degli uccelli di bosco. Ne domandò il motivo a Green.

«Ultimamente non parlano molto. Mi raccontano del bosco».

«Cosa ti dicono?»

«Che sta morendo».

Green Talbot si era reso conto di quel fatto, che le cose muoiono, già da un po' di tempo. Quella consapevolezza non lo faceva soffrire di meno, ma lo aiutava ad accettare meglio il senso della perdita.

Non fu così quando sua madre si ammalò di una malattia che nessun medico era in grado di curare.

12

1899 – 1936
QUI GIACE MARIA TALBOT
MOGLIE, MADRE
ACCANTO ALL'UOMO CHE AMÒ
PIÙ DEI SUOI RESPIRI

Fece scrivere queste parole, Green. Guardò le due lapidi vicine ed ebbe un pensiero, uno solo, sul significato delle vite: l'inizio e la fine non contano, è il resto che dà il significato.

Con il passare dei mesi perse del tutto l'interesse al suo lavoro, e di conseguenza alla città di Tranquillity. Ne conosceva ogni metro, aveva parlato fin troppe volte con ognuno degli abitanti e anche il bosco e i suoi animali sembravano in qualche modo stanchi.

'Devo andarmene in un posto più grande' pensò.

Con il giungere della nuova primavera, la diciottesima, Green Talbot scese dalla sua casa in collina. Aveva in mano la stessa valigia con cui suo padre era arrivato molti anni prima. Dentro non c'erano che pochi vestiti.

Raggiunse la piccola sede del comune e si fece accompagnare dal sindaco Ray Wonder. Parlarono a lungo.

Andò nella cappella del reverendo Barry. Accese una candela, e parlarono a lungo.

Erano riusciti a convincerlo a restare un giorno in più. L'indomani, disse loro, sarebbe andato via.

Ma pochi erano arrivati a Tranquillity, e mai nessuno se n'era andato. Il giorno successivo Green Talbot trovò sbarrata l'unica strada che portava fuori dalla città. La maggior parte degli abitanti era lì, a braccia conserte. Lo guardavano come in genere si guarda un traditore, o un ladro.

Il sindaco Ray Wonder si fece avanti.

«Green Talbot, questa città ti ha fatto crescere e tu te ne vuoi andare?»

«Voglio» rispose Green Talbot.

«E cosa credi di trovare là fuori? Credi che il mondo ti possa offrire molto di più, è questo che credi?»

«Non ne ho idea, ma so che devo farlo».

«Il consiglio ha deciso» tagliò corto il sindaco Ray Wonder. «Se te ne vuoi andare puoi farlo, ma non per questa strada».

Si ricordava, Green, dell'altra via per uscire da Tranquillity, alla fine del bosco. Ci era quasi arrivato, molti anni prima. Si ricordava ancora del vento: era libero di andare.

I suoi occhi si fecero piccoli. Le pupille si ritirarono, come se stesse guardando dentro di lui, e non più fuori.

«Non ne uscirei vivo» disse al sindaco, che aveva assunto un'espressione piuttosto compiaciuta.

«È un buon motivo per restare» lo rimbeccò Ray Wonder sistemandosi la giacca abbottonata sul davanti con un unico bottone. Poi abbassò la voce, che si fece più gentile. «Lo facciamo per il tuo bene».

«E sia» disse allora Green.

Risalì la strada della collina, superò la piccola casa e si incamminò per il sentiero. Aveva una grande paura di addentrarsi così tanto. Ma si rendeva conto che una volta presa quella decisione l'avrebbe portata fino in fondo. A Tranquillity si sarebbe spento, un po' alla volta.

Arrivò alla fine del bosco che c'era ancora luce, ma in quella zona la vegetazione era così fitta che sembrava tutto più fosco.

Li vide per la seconda volta.

Due occhi gialli, che lo puntavano.

Lasciò cadere a terra la valigia, che nell'urto si aprì facendo rovesciare i pochi vestiti. La Bestia si avvicinava, ogni passo era un rumore sordo sul terreno. Green rimase immobile, impietrito dalla paura, come era successo tredici anni prima. Ma adesso non c'era nessuna voce a distrarlo, nessuno a preoccuparsi per lui. Era solo.

La Bestia si fece sempre più vicina. E finalmente riuscì a vederla.

Era un animale enorme. A prima vista si potrebbe dire che arrivava al petto di un uomo. Era più grosso di come raccontavano essere grossi i leoni. Il suo manto era pezzato, scuro. Il pelo ispido. Si avvicinava con lo stesso ringhio demoniaco, basso e terrificante, dell'altra volta.

Si fermò a pochi passi da lui, e digrignò i denti spaventosi.

Fu lì che Green osservò i suoi occhi. Vi lesse dentro una grande tristezza.

La Bestia lanciò un altro ringhio, spaventoso, che si sentì fino alle prime case di Tranquillity. Green Talbot fece qualche passo indietro.

« Ehi » disse. « Come ti chiami? »

La Bestia continuava a ringhiare, a puntarlo dritto negli occhi come se stesse pregustando il momento in cui l'avrebbe raggiunto con un solo balzo, ma poco alla volta abbassò lo sguardo. Fece un mugolio, come di qualcuno che è dispiaciuto.

« GROF » disse.

E avvicinò il muso alla faccia di Green.

« Piacere Grof » disse Green Talbot. « Io sono Green Talbot. Sto cercando di andarmene da questa città ».

Mise una mano sulla testa dell'animale e Grof chiuse gli occhi strusciandosi come se fosse la prima volta, in quella sua lunga vita, che qualcuno gli faceva una carezza. Capì che le persone hanno una paura maledetta di quello che non conoscono, e che a volte basta un po' d'affetto a cambiare le cose.

Green Talbot e lo strano animale Grof si allontanarono e uscirono insieme dal bosco di Tranquillity. Dall'altra parte una distesa immensa d'erba alta, e il vento che ci soffiava in mezzo, come se stesse correndo. Era la prima volta che vedeva uno spazio aperto così grande e gli sembrò, d'un tratto, di vivere una vita tutta sua.

Ma non se ne andò da quella parte. C'era ancora una cosa che doveva sistemare.

Fece la strada del ritorno e scese in città. Il cordone di gente era ancora lì ad aspettarlo, casomai avesse tentato di fuggire per la via principale.

Quando lo videro arrivare con l'enorme animale scapparono in tutte le direzioni come tacchini impazziti. Solo il sindaco Ray Wonder e il reverendo Barry rimasero lì, con gli occhi fuori dalla testa.

Green Talbot parlò loro della sua decisione di affrontare la Bestia e di come alla fine avesse scoperto che era solo un povero diavolo, come lo erano in tanti.

Non sembravano molto convinti.

Fu la piccola Kathy Almery a persuaderli. Sentirono la sua voce proprio dietro di loro e quando si girarono la videro che accarezzava l'animale Grof e diceva « bel cagnone gigante ». E Grof, in astinenza di carezze da tutta una vita, la lasciò fare.

Prima di voltarsi e proseguire per la sua strada, sentì la voce della piccola Kathy chiedergli: « Tornerai? »

« Tornerò » le disse. « E tu verrai con me ».

Fu così che Green Talbot se ne andò da Tranquillity. Lasciò dietro di sé una vita fatta di certezze e di strade conosciute. Ma era proprio questo che lo faceva sentire vivo. Non sapere cosa gli sarebbe accaduto da quel giorno in poi.

IL MARE

13

Camminò per due giorni senza fermarsi. Era la prima volta che andava lungo un sentiero che non conosceva.

Era quasi sera. Green Talbot si trascinava con due gambe che sembravano una. I suoi muscoli non erano abituati a tutto quel movimento. La stanchezza risaliva lungo l'addome e gli annebbiava la vista. Da due giorni non mangiava e aveva finito la poca acqua della borraccia. I vestiti erano stropicciati e attaccati alla pelle.

Decise di sedersi su un grande sasso che stava ai lati della carreggiata. Si fermò a guardare quel mondo che ancora non conosceva.

Non era molto diverso da Tranquillity. Erba e alberi e poche case. Gli sembrava tutto così lontano. I suoi occhi si chiusero, lentamente. La valigia cadde a terra e fece un tonfo sull'erba.

Lo svegliò un rumore che non aveva mai sentito prima. Era lontano, ma spezzava tutti gli altri suoni. *Roaaaam*, si sentì in lontananza. Green Talbot saltò in piedi e si chiese cosa diavolo fosse. *Roaaaam*, una specie di animale che stava galoppando alla velocità di un fulmine verso di lui.

Poi la vide.

Una cosa di metallo che riluceva e si muoveva su ruote e lasciava dietro di sé una scia di polvere e fumo.

Si avvicinava, *Roaaaam*, gli sfrecciò a fianco. A cavalcarla c'era un uomo con due occhiali tondi e scuri piantati sulla faccia. Mentre lo superava vide che aveva una mano alzata e gesticolava verso di lui urlandogli: « YA-HU-HU-HUUUUUUU », per poi ritornare con la mano su una specie di briglia circolare.

Sentì uno stridore improvviso. Le ruote si inchiodarono e la cosa di metallo andò col culo a destra e a sinistra, e infine si fermò.

L'uomo con gli occhiali piantati in faccia saltò giù. Aveva uno strano giubbotto in pelle. Si tolse gli occhiali e si avvicinò.

« GRAN motore » disse. « GRANDE velocità. Ma COSA ci fai qui *RAGAZZO* ». Quando parlava aveva la voce così alta che l'avrebbero sentito a un miglio di distanza. « QUI, in un posto SPERDUTO e PERICOLANTE di noia? »

« Sono Green Talbot » disse Green Talbot.

« Piacere GREEN TALBOT. Io sono VASAIO, SCULTORE, AVIATORE delle strade del MONDO. Ma puoi chiamarmi JERRY SPEARS ».

« Non ho mai conosciuto un vasaio scultore aviatore delle strade del mondo ».

« E ora lo CONOSCI ».

Jerry Spears lo guardò come si guarda un ragazzo venuto dal nulla. Perciò glielo disse.

« *RAGAZZO*, sembri venuto dal nulla ».

« Vengo da Tranquillity » spiegò Green.

« MAI sentita. MAI sentita ».

Green Talbot non fece in tempo a raccogliere la sua valigia che si sentì tirare per un braccio e trascinare verso la cosa di metallo. Jerry Spears si reinfilò gli occhiali, saltò su e gli disse: « Dentro *RAGAZZO*, dentro! »

E Green, senza farsi troppe domande, entrò.

«YAHU-HU-HUUUUUUU» urlò Jerry Spears, e la strada e gli alberi e l'erba scivolarono via a velocità crescente. Green Talbot vide tutti gli alberi diventare un solo albero, la strada arrivargli in faccia come un temporale.

Cercò di dire qualcosa a Jerry Spears.

«NON TI CAPISCO» disse Jerry. «PARLA PIÙ FORTE».

«CHIEDEVO COS'È QUESTA COSA».

«È IL FUTURO, *R*AGAZZO. È LA VELOCITÀ».

«SE MI VEDESSERO IL SINDACO RAY WONDER E IL REVERENDO».

«COSA?»

Non si sentiva un accidente, con quel dannato rumore. Quella cosa di metallo faceva più baccano di un ringhio del cane Grof e il vento in faccia non aiutava per niente.

«LASCI STARE. NON IMPORTA».

Jerry Spears fece segno di aver capito con il pugno chiuso e il pollice in alto, e ritornò con tutte e due le mani su quella specie di briglia circolare e rigida che girava di tanto in tanto con fare da pazzo.

Fu così che Green Talbot fece il suo primo incontro con il mondo di fuori. Era un mondo che lo affascinava così tanto che non riusciva a chiudere gli occhi. Poi un moscerino gli arrivò dritto nella pupilla e sentì un dolore così forte che dovette strizzare le palpebre, e non riuscì a vedere più niente. Imparò ben presto che ogni meraviglia si porta sulle spalle qualche inconveniente.

14

«QUESTO SI CHIAMA *VOLANTE*. E UNO DEI PEDALI QUA SOTTO È IL *FRENO*» disse Jerry Spears.

Green Talbot lo stava ad ascoltare con l'occhio destro che gli faceva ancora un male cane.

«IL FRENO SERVE PER FERMARSI».

Jerry Spears lo pigiò tutto, quel freno. Le ruote si inchiodarono e l'automobile andò col culo a destra e a sinistra, e infine si fermò. Proprio davanti a un cartello su cui c'era scritto:

PORTSMOUTH

E più sotto:

FONDATA NEL 1180 DA JOHN DI GISORS

Era la seconda città in cui stava per entrare e non sapeva cosa avrebbe trovato. Jerry Spears gli disse che era un buon posto dove stare; che tutti i posti sul mare erano dei buoni posti.

«Il mare?» chiese Green Talbot.

Jerry Spears scese dall'automobile e ci girò intorno fino a raggiungere il lato di Green.

«*R*AGAZZO, vuoi dirmi che non hai mai visto il MARE? Che non hai mai sentito parlare del MARE?»

«Mai» disse Green, e gli venne addosso una voglia improvvisa di vederlo.

«ACQUA» disse Jerry Spears. «Acqua a perdita d'occhio. ACQUA che si MUOVE e non sta mai FERMA. Acqua che arriva talmente LONTANO da incontrarsi col cielo e PESCI, che nuotano sotto, e RESPIRANO, più acqua di quella che gli uomini di questo mondo possano mai BERE in tutta una vita, *R*AGAZZO».

«Il mare» disse Green.

«UN lavoro» disse Jerry Spears. «Ti DEVI trovare UN lavoro prima di tutto se vuoi sopravvivere».

Green Talbot spiegò a Jerry Spears che l'unico lavoro che sapeva fare era il guardiano del bosco; che anche suo padre aveva fatto il guardiano del bosco fino all'ultimo giorno della sua vita.

Jerry Spears spiegò a Green Talbot che il mondo stava cambiando e di guardiani dei boschi ne servivano davvero pochi.

«LA gente si MUOVE, la gente HA fretta, *R*AGAZZO, e i boschi sono così FERMI. Te lo dico io cos'è il futuro del mondo. I VIAGGI. Tra poco, POCHISSIMO tempo tutti guideranno un'AUTOMOBILE e tutti si sposteranno su e giù per l'Inghilterra. DEVI lavorare NEI viaggi».

'Devo lavorare nei viaggi' pensò Green.

Gli sembrava piuttosto difficile che quelle automobili di metallo avrebbero avuto successo tra la gente comune, ma Jerry Spears dava l'idea di conoscere il mondo molto meglio di lui.

Fu così che lo portò alla locanda di Palomar Almirante, luogo di sosta per affamati, stanchi e viaggiatori erranti. Il signor Palomar lo diceva a ognuno che entrava là dentro, che stava invecchiando fin troppo e che un aiutante non gli sarebbe affatto dispiaciuto.

Vide sparire Jerry Spears a tutta velocità. Lungo la strada di terra si alzò un polverone degno di un tornado.

Quando si presentò a Palomar Almirante, Green Talbot disse solo: « Sono Green Talbot ».

« Green Talbot, vuoi prendere una stanza? » chiese Palomar Almirante grattandosi la barba biancastra come se stesse riflettendo su chissà quali affari del mondo.

« Voglio un lavoro ».

« Un lavoro? »

« Devo trovare un lavoro, prima di tutto, se voglio sopravvivere ».

« Saggia decisione » disse Palomar. « Sto invecchiando fin troppo. Ho proprio bisogno di un aiutante ». Poi gli disse: « I patti sono questi. Qua puoi dormire e mangiare in abbondanza. Si inizia a lavorare alle sei del mattino e si finisce alle dieci di sera ».

Green Talbot, con uno strascico di saliva che affondava lentamente nella gola, allungò la mano verso Palomar Almirante e gliela strinse tentando un sorriso. Si siglavano così gli accordi, a quell'epoca.

15

Lavorò in quella locanda per oltre un anno. Palomar Almirante era un buon uomo, ma non buono abbastanza da evitargli di spezzarsi la schiena con i lavori più faticosi o lasciargli un giorno libero di tanto in tanto.

Il suo unico buon amico fu, in tutto quel periodo, Jerry Spears. Lo andava a trovare ogni settimana a bordo della sua automobile e bevevano insieme una bottiglia di vino.

« EUFORIA » diceva Jerry Spears. « SANTA DONNA che non ti fa mai STARE fermo ».

In quei mesi Green Talbot era talmente stanco che mai una volta riuscì a vedere il mare. Ne sentiva parlare dai discorsi dei marinai che passavano di lì o da qualche viandante di passaggio che arrivava dalle coste della Francia.

Una sera chiese a uno di loro: « Com'è, la Francia? »

Il viandante in questione si chiamava Henry Delacrois.

16

A dire il vero Henry Delacrois aveva vissuto tutta la vita in un piccolo paese del nord e mai, fino ad allora, aveva pensato di girare il mondo. Ma un giorno si accorse che stava invecchiando. Era senza figli e senza moglie. Più passavano gli anni, più si convinceva che nella peggiore delle ipotesi non ci avrebbe poi perso molto a mettersi in cammino.

Su questo, lui e Green si intendevano alla perfezione.

Avevano parlato per ore. E mentre il signor Delacrois aveva attraversato il mare per vedere l'Inghilterra, Green sentiva sempre più forte il bisogno di andarsene da lì.

Decise di farlo verso la metà di settembre, quando il sole cominciava a farsi più debole e il vento freddo premeva ai fianchi dell'estate.

Si presentò a Palomar Almirante di mattina presto, portando con sé la valigia ben legata da una corda.

«Cosa credi di trovare via da qui, ragazzo».

Fu più un'affermazione che una domanda.

«Qualcosa» disse Green.

S'incamminò sulla lunga strada che portava al mare, a passo sempre più veloce, con due gambe che sembravano quattro.

«Fermati!» gli urlò da lontano Palomar Almirante.

Quando lo raggiunse gli allungò una busta. Dentro c'erano delle banconote.

«Tutto quello che ti posso dare. Non arriveresti molto lontano senza questi».

Era la prima volta che Green Talbot maneggiava dei soldi.

«Ti ci puoi pagare una nave per portarti dall'altra parte».

«Grazie» disse Green.

«E un'altra cosa. Se qualcosa in futuro andasse storto...»

«Sì?»

«Be', figliolo, corri! Corri fino a che hai fiato nei polmoni e muscoli nelle gambe!»

«Me lo ricorderò!»

Si strinsero la mano.

Si scioglievano così, gli accordi, a quell'epoca.

17

Lo riconobbe, ancora prima di vederlo, dall'odore. Non era molto diverso da quello del negozio di salumi di Hillary Mark. Solo più delicato. Chiuse gli occhi e seguì quell'odore fino alla fine della strada. Portava con sé il parlare strano di uccelli che non conosceva, e voci di uomini e clangore di ferri che cozzavano uno contro l'altro.

Quando pensò di essere arrivato abbastanza vicino, aprì gli occhi, e lo vide.

Era come gliel'aveva descritto Jerry Spears, o forse più grande ancora. Era acqua che non aveva fine e non stava mai ferma. Blu che si sporcava di bianco e si univa al cielo, molto lontano. Vide strani uccelli volarci sopra, con le loro ali bianche e ferme, come se camminassero nell'aria, come se per loro l'aria fosse terra.

« Ehi! » disse.

« Guiiiiiiii-ii » gli rispose uno di quegli uccelli.

« Non ti capisco ».

« Noi capire te puoco puoco, anche ».

« Non ho mai visto uccelli così grandi ».

« Noi più grandi del muondo ».

« Io sono Green Talbot » disse Green Talbot alzando la voce per farsi sentire meglio.

« E io Banjeseiro lo gabianu ».

« Piacere, Banjeseiro ».

Green stava per dirgli qualcos'altro, ma un rumore inconfondibile di automobile lo fece girare di scatto.

«COSÌ abbandoni la NOSTRA piccola città».

«Jerry!»

«TU che puoi. TU che PUOI».

«Vado in Francia» disse Green.

«TI auguro una INCREDIBILE fortuna, AMICO».

Se c'era qualcuno che non avrebbe voluto lasciare, quello era Jerry Spears.

«Jerry».

«DIMMI».

«Prometti che ci rivedremo».

«QUANDO meno TE LO aspetterai! Succede sempre così con JERRY SPEARS».

Il volto di quell'uomo era coperto da un velo di malinconia. Ma anche Green, a dirla tutta, tradiva una certa tristezza. Jerry Spears, a suo modo, era stato il primo vero amico che avesse avuto fuori da Tranquillity.

Se qualcuno avesse potuto scrutare attraverso i suoi occhiali da aviatore, avrebbe affermato quasi con certezza che gli occhi di Jerry Spears erano molto più che lucidi. Ma un aviatore delle strade del mondo non è persona da abbandonarsi a facile commozione.

Per questo Green Talbot lo vide girare la macchina e allontanarsi con la velocità di un proiettile, e distinse chiaramente la sua mano dritta verso il cielo. In mezzo a quel fumo di automobile sentì spalmarsi nell'aria il suo ultimo saluto, «YA-HU-HUUUUUU, GREEEN», fino a che il fumo si diradò e la puzza lasciò di nuovo posto all'aria del mare, e di Jerry Spears non rimase più traccia.

Green restò solo, con il gabbiano Banjeseiro che volteggiava nell'aria e il rumore dei cantieri navali poco distante. Un po' a parole e un po' a gesti riuscì a farsi spiegare da Banjeseiro che la Francia non era molto lontana, ma nemmeno molto vicina, e che parlando con il capitano di una di quelle bagnarole per merci si sarebbe potuto imbarcare senza troppa difficoltà.

Ne vide una che stava finendo di caricare. Si avvicinò e cercò di capire chi di loro fosse il capitano. Non fece molta fatica.

Un uomo con la casacca blu e una pipa infilata tra le labbra dava ordini a destra e a manca.

«Questa cassa mettetela là!» diceva. «Quell'altra un po' più in fondo! Ohr ohr».

Tra un ordine e l'altro mugugnava tra sé bofonchiando e tossendo.

«Signore» disse Green Talbot.

L'uomo si girò verso di lui.

«Signore un corno! Io sono il capitano Petin!»

«Capitano Petin!»

«Dimmi, giovane!»

«Sto cercando un passaggio per la Francia».

«La Francia! Grande paese di marinai! Ti costerà un po', giovane!»

Green Talbot tirò fuori dalla giacca le banconote che gli aveva lasciato Palomar Almirante.

«Questo è tutto quello che ho».

Il capitano le passò tra le dita e guardò fisso Green.

«Non se ne fa niente! Non bastano che per metà viaggio!»

«Ma io devo andare in Francia».

«Me ne servono altrettanti per portarti fino in Francia!»

«Aiuterò in cucina. Ho lavorato in una locanda per tutta l'estate».

«Giovane! L'aiuto in cucina vale al massimo un altro quarto di tragitto!»

«E sia» disse Green Talbot allungando la mano.

«E sia!» disse il capitano Petin senza stringergli la mano.

Fu così che Green Talbot imparò l'arte della contrattazione, senza riuscire a raggiungere risultati particolarmente brillanti.

Una volta salito sulla nave sentì uno svolazzare sopra di lui.

«Banjeseiro!»

«Io vola con teo, ragazin. Tu darao a Banjeseiro tochi di manjare».

«Ci proverò» disse Green.

Poco dopo la nave partì. Green Talbot osservò la costa dell'Inghilterra farsi sempre più piccola, ma prima di vederla scomparire si girò verso il mare. Era fatto così. Preferiva immaginarsi il futuro, che piangere su quello che stava lasciando. Sopra di lui, il gabbiano Banjeseiro planava immobile con le sue ali aperte, come se l'aria non fosse altro che una striscia di terra.

18

Lo misero a pelare patate. Era un'attività che trovava maledettamente noiosa anche l'ultimo sguattero della nave.

Il cuoco, un omone sporco lurido che superava abbondantemente i cento chili, stava seduto su una sedia a scacciare le mosche con in testa un cappello stropicciato.

Dopo quasi un'ora scese in cambusa il capitano Petin.

« Quando hai finito con quelle ti puoi riposare per un'ora! Avrai una montagna di piatti da lavare più tardi! »

Green Talbot lo ascoltò, senza dire niente.

« E dopo i piatti si prepara subito la cena! Non si dorme qua! Non si batte la fiacca sulla nave del capitano Petin! »

Fece per salire sulla piccola scala arrugginita.

« Ma quanto dura questo viaggio? »

« Nove ore per arrivare in Francia! » disse Petin. « Ma tu, giovane, alla settima lascerai la nave! Ohr ohr ».

E si voltò.

Green percepiva le labbra del capitano che si allargavano in un ghigno, ma non ci diede peso. Ritornò a togliere bucce lentigginose con il suo coltello.

Quando ebbe finito, salutò il cuoco sporco lurido

che non lo degnava della minima attenzione, s'infilò sotto la giacca due tozzi di pane secco e andò sul ponte.

Il giorno era ormai pieno di luce. Il sole cercava di riscaldare il vento freddo che soffiava in mare aperto. Il gabbiano Banjeseiro seguiva la nave da lontano.

« Banjeseiro! » fece Green sventolando un braccio.

Il gabbiano diede due, tre, quattro colpi d'ala e in un baleno fu sopra la sua testa.

« Finalmente te rivedo, ragazin. Portato qualcosa da manjare a Banjeseiro? »

Green tirò fuori i due tozzi di pane e li lanciò in aria. Banjeseiro spalancò il suo becco grande di gabbiano e in un sol colpo li prese al volo, puntò il pelo dell'acqua e seguendo la traiettoria di un pesce che solo lui riusciva a vedere, lo infilò guizzante tra i due pezzi di pane, e inghiottì il tutto.

« Bueno bueno il manjare ».

Green rimaneva a guardarlo e si convinse che davvero i gabbiani fossero gli uccelli più grandi del mondo. I cardellini del bosco di Tranquillity, al massimo, facevano piccoli saltelli sui rami e quando scendevano a terra picchiettavano il terreno in cerca di cibo.

Dopo tutto quel volare anche Banjeseiro cominciò a sentirsi stanco. Planò sulla nave fino a poggiarsi su una ringhiera in ferro.

« Così tu vao vao. Ma io chiede: dove, prezisamente, vao? »

« Non so dove vado » rispose Green. « Quello che so è che non voglio stare fermo in un solo posto. Non sono i posti dove vai, o l'inizio e la fine di una cosa, l'importante ».

« No io capise molto ben ».

« Grande boiata vai dicendo! » sentì dire alle sue spalle.

Il capitano Petin tirava a larghe boccate dalla sua pipa in legno lavorata con piccoli intarsi.

« Giovane! Quante cose hai da imparare! Ohr ohr ».

« Ma... » tentò di dire Green.

« Ma, ma, ma! Niente ma! Ho così tante cose da fare che non posso ascoltarti un minuto di più! »

Come era apparso all'improvviso, entrò in una delle cabine che davano sul ponte, e sparì altrettanto velocemente.

Green Talbot restò a parlare ancora un po' con Banjeseiro, ma ben presto lo richiamarono dalla cucina.

C'erano montagne di piatti da lavare. E dal pranzo dei marinai non era rimasto nemmeno un avanzo. Green era così affamato e stanco che non vedeva l'ora che quel viaggio terminasse.

Accadde proprio mentre aveva quasi finito di staccare le estremità da una montagna di fagiolini verdi.

Un marinaio grande e grosso scese dalla scala arrugginita. Disse solo « Si parte », indicando con il dito la cima della scala.

Sul ponte erano accorsi tutti a vedere quel giovane pazzo che aveva accettato di farsi buttare a mare. Il capitano Petin aveva fatto sistemare un trampolino. Il suo secondo teneva in mano una custodia nera, lunga e stretta. Fecero sistemare Green all'estremità del trampolino.

Il capitano aprì la custodia.

Green, tentando il tutto per tutto, cercò di dire: « Capitano, ho una proposta ».

Il capitano Petin impugnò la sciabola luccicante.

«Se non mi butta a mare lavorerò per lei una volta scesi!»

La fece sibilare al vento più volte per mostrare ai suoi marinai l'efficacia di quel gioiellino.

«Giovane! Nessuna offerta di lavoro può sostituire questa appagante sensazione di divertimento! Ohr ohr». Poi si rivolse ai suoi marinai: «E voi cosa volete! Uomo a porto o uomo a mare?»

«UOMO A MARE!» risposero i marinai in coro.

Green Talbot pensò che avesse dato di volta il cervello a tutti. In realtà non poteva sapere che il capitano Petin aveva sognato per tutta la vita di essere un pirata, e solcare l'oceano in lungo e in largo con una nave e un equipaggio che incutessero paura solo a sentirli nominare. Ma era nato nel secolo sbagliato, Petin, e questo lo faceva infuriare, ogni volta che ci pensava, e cioè ogni santo giorno della sua vita. Green non sapeva nemmeno che la disgrazia che gli stava capitando era anche il loro più grande motivo di gioia.

Il capitano Petin infilzò la giacca del giovane con la punta della scimitarra.

«Ohr ohr» mugugnò.

«Ahi!» disse Green.

«Miseriaccia ladronja» disse il gabbiano Banjcseiro.

E Green, senza alcuna voglia di farlo, saltò.

Fu un gran volo. Sprofondò nell'acqua scura della Manica. Provò a muovere gambe e braccia, braccia e gambe, fino a che riuscì a ritornare a galla.

La barca del capitano Petin si stava già allontanando.

Il vento gli portava alle orecchie una specie di coro. Quel branco di marinai esaltati stava cantando,

IL GIOVANE IN MARE
OHR OHR
SE L'È ANDATA A CERCARE
OHR OHR

Ma non restò ad ascoltarli per molto.

In quel momento Green Talbot si accorse di non saper nuotare. Sentì il suo corpo troppo pesante. Sentì l'acqua che lo ricopriva, che gli entrava nel naso, scendeva giù in gola. Non riusciva più a respirare. Più muoveva le braccia e le gambe e più andava a fondo.

Per sua fortuna il gabbiano Banjeseiro, dopo aver descritto una perfetta curva nell'aria ed essere sceso in picchiata, infilò le zampe nell'acqua, e lo afferrò.

Ma reggere persone che annegano non è mai stato affare dei gabbiani. E infatti Banjeseiro annaspava, e tra gli annaspi diceva: «Greenjo, no movere le brascia come una galina sgalinata. Lentamente, Greenjo, lentamente».

Green Talbot non lo riusciva a sentire. Era così impotente di fronte a tutta quell'acqua, che poco alla volta smise di lottare, e sentì il suo corpo scendere sempre più a fondo, negli strati gelati del mare.

Gli era rimasto nel petto un ultimo respiro. Cercò di trattenerlo il più a lungo possibile. Poco prima di perdere i sensi vide passargli accanto un banco di pesci.

Ebbe un solo pensiero: come diavolo fanno a respirare, questi?

Usò quell'ultimo respiro per chiederglielo. Provò a usare la lingua di Banjeseiro, che era gabbiano di mare.

«Como diavolo prendete aria, mmm?»

Il pesce capofila si fermò, e con lui tutti i pesci che lo seguivano. Si limitò a dire solo «Blop».

Una bolla di ossigeno salì e si spiaccicò in faccia a Green, permettendogli un altro respiro.

Si rese conto che il linguaggio dei pesci era molto diverso da quello dei gabbiani. I pesci però, per istinto di sopravvivenza, avevano imparato la lingua dei pennuti. Si trovò in una spiacevole situazione. Lui riusciva a farsi capire, ma non capiva loro. Se avesse fatto ancora un'altra domanda non avrebbe avuto di nuovo più aria nei polmoni.

Il pesce capofila lo intuì, e si mise a mimare molto lentamente il suo modo di respirare. E Green fece quello che aveva sempre fatto: lo osservò. Poco alla volta imparò a trarre anche lui ossigeno dall'acqua, e a muovere le gambe come loro muovevano il corpo.

Quando ebbe abbastanza ossigeno salutò con la mano il pesce capofila, che fece una piroetta nell'acqua e riprese a nuotare nella sua direzione, e dietro di lui tutti gli altri pesci lo seguirono.

Green Talbot scoprì il piacere di muoversi sott'acqua. Si sentiva leggero e veloce. Imparò a distinguere le correnti e a lasciarsi trasportare da quelle più calde.

Nuotò, affamato e stanco com'era. Si dimenticò della stanchezza, perché aveva intorno un mondo così nuovo che ne era completamente affascinato.

Non vide mai le coste della Francia. Dentro a quello sconfinato calderone d'acqua era impossibile avere anche il minimo senso dell'orientamento.

Non si accorse di uscire a folle velocità dal canale della Manica, e infilare dritto come una maledizione quel grande mostro infinito che era l'Oceano Atlantico. Sentì, a un certo punto, l'acqua farsi molto più fredda e le correnti spingere sempre più forte.

Nuotò solo che il mare si faceva sempre più scuro, con

il passare del tempo. Intuì la notte. Il blu diventava nero, e sentiva intorno un senso di immobilità, di silenzio. In quelle ore si fece prendere più volte dallo sconforto, ma ogni volta che stava per cedere gli tornarono alla mente suo padre Gregory e sua madre Maria, i cardellini del bosco di Tranquillity, il cane Grof e Kathy, la figlia di Hillary Mark. Un giorno sarebbe tornato da lei, e l'avrebbe portata via con sé.

Si fece giorno di nuovo. Il mare filtrava il sole in modo simile agli alberi del bosco. Le forze gli cominciarono a mancare proprio quando la mattina si fece più luminosa. Era rimasto troppo a lungo senza mangiare e senza bere, e non sentiva quasi più nemmeno le sue gambe. Con le ultime forze risalì a galla, la cima del mare gli sembrava così distante, cominciava a non distinguere più l'acqua dall'aria, a inghiottire acqua, a non aver respiro, fino a quando la sua testa uscì bucando la membrana leggera del mare, e aprì la bocca e ingurgitò pezzi di quel cielo stramaledettamente azzurro come fossero cucchiai di marmellata, ma subito dopo non vide più l'azzurro, e si sentì mancare, e svenne.

19

«*In nome della grande Patria che ci onoriamo di servire,*

Un odore pungente gli salì nel naso, e gli sembrava anche

del principio di libertà, uguaglianza e sacrificio che unisce gli uomini di buona volontà

di sentire una voce, lontana. Andava a spasso nella sua testa senza che lui riuscisse a focalizzarla del tutto.

e adempiendo al dovere di comandante della nave ammiraglia Uragano5

Aveva un accento diverso, ma parlava la sua stessa lingua.

siamo onorati di darle il benvenuto a bordo».

Aprì gli occhi, e vide un uomo di mezza età con la barba folta che teneva in mano una boccetta di sali e lo guardava dall'alto, bloccato in una posizione rigida e innaturale.

«Salve» disse Green Talbot.

« Attenti! » disse l'uomo con la barba folta, e tutti i soldati dietro di lui si misero sull'attenti.

« Saluto! » fece ancora, e tutti eseguirono portandosi una mano a taglio sulla testa e poi volgendola all'aria.

« Non ho idea di come lei si potesse trovare così distante dalla terraferma senza essere perlomeno morto, ma Iddio ha voluto che passassimo di qua noi ».

« Voi chi? » chiese Green mettendosi a sedere.

« Noi, la nave ammiraglia Uragano5 della omonima flotta di ricognizione, in servizio per gli Stati Uniti d'America ».

Green si alzò in piedi, tentando di darsi un contegno. Non aveva mai visto così tanti soldati. Anzi, a dire il vero non ne aveva mai visto uno, se non suo padre.

« Io sono Green Talbot » disse Green Talbot.

« E io il capitano John Marlow » disse l'uomo con la barba folta.

Era così diverso dal capitano Petin. Il capitano Marlow trasudava disciplina da tutti i pori.

« Anche mio padre era un soldato » gli disse. « Ha combattuto con gli inglesi durante la guerra. Gli è saltata in aria una gamba, ma è sopravvissuto ».

« Avete sentito? » disse il capitano Marlow ai suoi. « Il figlio di un valoroso soldato. E mi dica, Green Talbot, dov'è suo padre, ora? »

Sul viso di Green comparve, lieve, un'ombra.

« È morto » disse.

Il capitano Marlow gli stava per chiedere di sua madre, ma Green lo anticipò.

« Anche mia madre. Pochi anni dopo ».

Vide un crescente interesse negli occhi del capitano, che si stava ancora chiedendo come avesse fatto, un ragazzo, a trovarsi in mezzo al mare. Si fece raccontare, tutto quanto. Della sua infanzia a Tranquillity e del bosco, di come aveva imparato a parlare con i cardellini e dell'incontro con il cane Grof. Di come, dopo la morte dei suoi genitori, avesse sentito il bisogno di lasciare quella piccola città, di Jerry Spears e del lavoro alla locanda del vecchio Palomar Almirante. Raccontò del suo incontro con Banjeseiro, l'uccello più grande del mondo, e di come il capitano Petin l'avesse buttato in mare a tre quarti del tragitto. Non entrò nello specifico di come aveva imparato a respirare sott'acqua, ma per sommi capi mise in mano a quell'uomo con la divisa tutta la sua vita fino ad allora.

« Mmm » disse il capitano Marlow. « Ti credo. Anche se quella cittadina di cui parli... » si grattò la barba. « Mai sentita. E quanto al gabbiano, ti ha seguito fin qui. È stato grazie al baccano che faceva che ci siamo accorti di te ».

« E dov'è, adesso? » chiese Green confortato.

« Giù in cucina. Dobbiamo pur attrezzarci, in qualche modo ».

« Non lo faccia! » disse Green in tono supplichevole. « È il mio unico amico. La prego! »

Il capitano Marlow adorava le cene a base di gabbiano. Ma, situazione sconveniente per un capitano di nave, era anche un sentimentale. E non gli andava proprio di togliere a quel ragazzo l'unico amico che gli era rimasto. Fece chiamare un mozzo e gli diede istruzioni. Il mozzo scattò come un razzo in cambusa e parlò con il cuoco. Il cuoco si rivolse al suo aiutante, che serrava tra le possenti braccia Banjeseiro.

« Lasciagli il collo. E portalo dal capitano ».

L'aiutante fece una smorfia.

« Maledetto gabbiano » disse.

«Io no soj buono da manjare» disse Banjeseiro, sfinito per la stanchezza. Ma l'aiutante non capì, e interpretò le sue parole come uno stupido gorgoglio di gabbiano.

Quando Banjeseiro vide Green, da lontano, aprì le sue ali e si liberò d'istinto dalla stretta dell'aiutante. Fece una decina di passetti per sgranchirsi le zampe e prese il volo. Si allontanò dalla nave con un gran sbattere d'ali, salì alto nel cielo ad annusare l'aria dell'oceano, e scese in picchiata, fino ad andarsi a posare ai piedi di Green.

«Banjeseiro!»

«Greenjo. Sei vivo alora. Io pensava morto sgalinato. Tu no moveva, no respirava!»

«Per un pelo» disse Green.

«Per uno pelo, mmm» disse Banjeseiro.

«Per un accidenti!» disse il capitano all'aiutante. «Porta subito qualcosa da mangiare a questo ragazzo figlio di un soldato!»

I giorni sulla Uragano5 trascorrevano senza sorprese. Verso il tramonto il capitano Marlow aveva preso l'abitudine di chiamare Green Talbot nella sala comando e rimaneva a parlare con lui per molto tempo. Si può dire che fossero sul punto di diventare amici.

Una volta Green gli chiese: «Ma cosa fanno i soldati se non c'è nessuno contro cui combattere?»

«Aspettano. Si esercitano, per quando ci sarà qualcuno contro cui combattere».

«E a lei piace, combattere?»

«Presumo di sì» disse il capitano. «A dire il vero non ho mai combattuto. Ma girano *certe voci*». Finì la frase bisbigliando. «Sono solo voci, ovviamente. Dicono che tra un po' nella vecchia Europa ne vedremo delle belle».

Ognuno cerca uno straccio di ragione per cui vivere, si convinse Green. E al capitano era toccata in sorte la ragione della guerra. Ma per come aveva visto l'Europa era convinto che una guerra, da quelle parti, fosse molto distante dal venire.

20

Uno di quei pomeriggi il capitano lo mandò a chiamare, ma questa volta non si fece raggiungere nella sala comando. Gli diede appuntamento sul ponte.

« Ci saremo verso le due di questa mattina. Cerca di stare sveglio e poi fatti trovare qua ».

« Dove, ci saremo? »

Il capitano Marlow fece un cenno, ma non rispose.

Un grosso pregio di Green Talbot, perlopiù sconosciuto alla maggior parte degli abitanti del mondo, era la curiosità. Se anche avesse voluto dormire non ci sarebbe riuscito. All'una e trenta si presentò sul ponte. L'aria gelida gli fece venir voglia di rientrare, ma lui restò.

Il gabbiano Banjeseiro, dopo l'episodio della cambusa, dormiva sempre con un occhio chiuso e uno aperto. Non si poteva mai sapere che qualcuno, laggiù, non cambiasse idea all'improvviso. Quando vide passare Green si scosse dal torpore, sbatté appena le ali e si mise in piedi. Gli chiese: « Grenjo, dove vao con sto freddo nordico nela notte buiata, mmm? »

« Banjeseiro. Il capitano Marlow mi ha detto che c'è qualcosa che devo vedere ».

Il gabbiano Banjeseiro, ancora addormentato, lo seguì per il ponte zampettando. Green era in anticipo per il suo appuntamento, ma lo stesso guardando in lontananza, verso l'orizzonte, scorse una forma più scura del mare, che si avvicinava impercettibilmente.

Quando non mancarono che pochi minuti alle due, la forma scura si era rivelata essere un'isola.

« Tra poco vedrai qualcosa che non è segnato in nessuna mappa » disse il capitano Marlow, dietro di lui.

Green fece un sobbalzo, e si chiese se fosse abitudine di tutti i capitani di nave sbucare così, all'improvviso.

La Uragano5 costeggiò l'isola.

« La maggior parte dei miei soldati non sa della sua esistenza. Anche se le cose ti capitano sotto il naso, bisogna fare attenzione, per notarle ».

Non era molto grande. Era ricoperta da un manto di muschio scuro e c'erano rade piante simili a salici piangenti. Quello che colpì Green fu il numero incredibile di oggetti che spuntavano da terra. Oggetti di tutte le forme. Che diavolo erano?

« Bottiglie » disse il capitano Marlow. « Sono bottiglie ».

Green guardò il capitano, senza capire. Anche Banjeseiro muoveva la sua piccola testa a scatti tra Green, il capitano e quello strano spettacolo.

« L'isola delle bottiglie perdute » disse ancora il capitano. « Tutte quelle che i naufraghi o i marinai buttano in mare infilandoci dentro messaggi di aiuto o dichiarazioni d'amore per le donne che hanno lasciato a terra. Se non arrivano su qualche spiaggia, finiscono qua ».

Green rimase a guardare, senza dire niente. Banjeseiro non credeva ai suoi occhi. Nessun gabbiano, quando raccontava dei suoi viaggi per il mondo, aveva mai parlato di quest'isola.

« Ma non è tutto ». Il capitano Marlow si portò due dita alla bocca, e fischiò. Un fischio lungo che attraversò l'isola e si spense subito dopo, inghiottito dal mare. Fece un altro fischio, poi chiamò. « FARINATA ». Chiamò ancora. « FARINATA, sono il capitano Marlow ».

Si sentì una risposta, da lontano. Una specie di urlo che attraversò l'isola, salì sulla nave, superò la nave e scese nel mare, percorrendo la sua superficie di molte miglia. Poi tutti e tre videro due ali immense solcare il cielo e portare un grande uccello in aria. Era così grande che una volta in volo coprì la luce della luna. Andò a posarsi sul lembo di terra più vicino alla nave.

Banjeseiro si sentì mancare.

« FARINATA, l'albatro » disse il capitano Marlow.

Green Talbot non riuscì a staccargli gli occhi di dosso. Al suo confronto Banjeseiro era un moscerino.

L'albatro rimase davanti alla nave senza muoversi o proferire parola.

« Lui è il guardiano dell'isola » disse il capitano Marlow. « Uno dei pochi esemplari rimasti di albatro urlatore, l'uccello più grande del mondo. I suoi simili abitano in genere le isole remote dell'Oceano Pacifico, ma lui, come dire, ha deciso di starsene in disparte ».

« FARINATA ALBATRO » disse il grande uccello parlando all'improvviso, in una lingua non troppo diversa da quella di Banjeseiro, « della famiglia Diomedeidae dell'ordine delle Procellariiformes, per servirvi ».

« Lei riesce a capire la sua lingua? » chiese Green.

« Certo » disse il capitano. « Non è difficile, con un po' d'impegno. Credi di essere l'unico a parlare con il tuo gabbiano? Si è così soli, in mare, e i miei soldati in fondo sono dei semplici marinai. Discutono tutto il giorno delle loro mogli e delle altre donne che hanno in giro per il mondo, e ogni tanto della nostra grande Patria. Ma quando una volta all'anno passo di qua, c'è sempre il tempo per leggere una delle lettere infilate nelle bottiglie. E io e Farinata aspettiamo questo momento più di qualsiasi cosa».

Banjeseiro, invece, non parlava. Continuava a fissare l'albatro che con la sua sola presenza lo faceva sentire piccolo e inutile. Green Talbot lesse nei suoi occhi un sentimento di grande amarezza.

«Non ha importanza se non sei l'uccello più grande del mondo» gli disse. «Senza di te non sarei qui, adesso».

Banjeseiro si fece più vicino a Green, ma non riusciva ancora a parlare. Fu Farinata a farlo.

«GABBIANI, certo. Rimangono ammutoliti quando vedono uccelli come noi, di siffatta grandezza. Hanno la presunzione di credersi i più grandi del mondo, senza convenire che c'è sempre qualcosa di più grande, in giro. Ma, piccolo amico» disse Farinata rivolgendosi a Banjeseiro, «c'è una cosa che devi ancora imparare: la grandezza non sta nella dimensione delle tue ali».

«Ma tu hai coperto la luna!» si sentì rispondere d'istinto Banjeseiro.

«A cosa servirà mai coprire la luna per qualche attimo. Tanto lei se ne sta sempre lì. Credimi, non è gran vita, in fondo, quella del custode. Anche se a essere custoditi sono nobili richieste d'aiuto o appassionati sentimenti. Del resto» disse ancora l'albatro come se si stesse perdendo tra i suoi pensieri, «quando le navi si avvicinano e i destini dei marinai si affacciano, è vano il nostro intelletto. E se altro non ci informa, nulla sapremo mai delle vicende del mare».

Quante cose conosceva quell'albatro! Banjeseiro avrebbe voluto spiccare il volo e andare anche lui sull'isola delle bottiglie perdute, a prendere lezioni dal più grande degli uccelli.

La nave, nel frattempo, si stava lasciando l'isola alle spalle, e le ultime parole di Farinata erano arrivate lontane. Il capitano abbassò il cappello verso di lui, in segno di saluto. Il grande albatro accennò un'alzata di ala, con una movenza di grande eleganza.

Green Talbot si abbassò, fino a diventare non più alto del suo amico. Gli disse: « Banjeseiro, fai quello che devi fare. E quando lo farai, non voltarti indietro ».

Anche il capitano Marlow parlò.

« È un grande uccello nobile, ma è solo. Potrà insegnarti molte cose, e tu gli racconterai le tue avventure ».

Fu così che Green Talbot e Banjeseiro si salutarono. Con un'ultima occhiata, di sfuggita. L'unico amico che gli era rimasto aprì le sue ali di gabbiano più che poteva, e lasciò il ponte della Uragano5 con un balzo spettacolare, per andare a imparare la grandezza e l'eleganza che si nascondono nelle cose.

21

Molte mattine dopo vide l'America. Una distesa di terra che si spalmava al posto dell'orizzonte. Era sul ponte, con il primo sole, svegliato dai marinai che si rimettevano al lavoro. Restò a guardarla a lungo, senza voltarsi.

Sembrava non avvicinarsi mai. Passavano le ore e l'orizzonte di terra stava là, come se si spostasse continuamente all'indietro.

Verso sera andò come sempre dal capitano Marlow.

«Quindi, l'hai vista».

«Sì».

«È là che dovrai andare».

«Lo so» disse Green Talbot.

Il capitano Marlow gli mostrò una busta. Green l'aprì, e in cima c'era un piccolo quaderno.

«Non è un vero passaporto, ma loro crederanno che lo sia, se sarai abbastanza furbo da non parlare più del dovuto».

Green voleva solo dire grazie. Ma non lo disse. Lo stesso il capitano glielo lesse negli occhi.

«Non devi ringraziarmi. Avrai modo di farlo quando sarai sceso».

Il capitano Marlow non era più un uomo giovane. Sotto gli occhi la pelle si era piegata in successioni di piccole rughe. La barba era completamente bianca.

Ma quello che più colpiva erano i suoi occhi. Era come se alternassero guizzi di luce a momenti di estrema stanchezza.

«Vedi» disse a Green, «il mare è una scelta. Lo è sempre stato. Una volta non ero un uomo di mare. Si trovava a centinaia di miglia da dove vivevo, quand'ero ragazzo, e per quanto mi riguarda ne avevo sentito parlare solo nei discorsi dei viaggiatori. Ma anche quelli che ne parlavano, ragazzo mio, non l'avevano mai visto. Mai nessuno che ci si fosse tuffato dentro, o ne avesse almeno sentito l'odore. Era terra quella che vedevo dalla mia casa. Terra fino a perderci gli occhi. E quando le persone nascono in quei posti hanno quasi un'allergia, all'acqua. Poi una sera passarono di là due marinai in licenza.

«La vita fa quel che deve fare, se capisci cosa intendo. È capace di farti attraversare mezza America, e farti finire dove non ti saresti mai aspettato.

«Quando ho lasciato per sempre la terra, per il mare, pensavo che fosse la decisione giusta. Solo che le decisioni giuste non ci sono mai. Mai, Green. Per ogni cosa che scegliamo ne perdiamo molte altre». Si grattò il mento, alzando lo sguardo in direzione della terra. «Se potessi tornare a vivere laggiù, non lo farei. Ma ci sono alcune faccende che vanno sistemate».

Green Talbot lo ascoltava. La voce del capitano era più bassa del solito, come se stesse cercando con attenzione le parole da dire.

«Ci ho provato, ma per me è tardi. Sarai tu, a farlo. Lo considero il tuo modo per ringraziarmi».

«Cosa dovrei fare, capitano Marlow?»

«Scenderai. Ho già predisposto tutto. Salirai su una

nave da carico che ti porterà fino a Ellis Island. Dovrai mostrare il passaporto a uno dei verificatori. Ognuno di loro si accorgerà all'istante che è falso. Devi cercare un tale di nome Louis Cateye. Non sarà difficile. Ha un occhio di vetro e parla a voce talmente alta da farti schizzare le orecchie. Gli mostrerai il passaporto e dentro ci metterai cinque delle banconote che ho infilato nella busta. Gli dirai solo 'Il capitano Marlow le manda i suoi saluti'. Solo questo».

Green Talbot infilò le mani nella busta. Era piena di banconote, più di quante ne avesse mai immaginate.

«Poi lascerai l'isola e chiederai in giro. Devi trovare un negozio che fino a una decina di anni fa è stato il lustro dell'intera città: le vetrine di Lou Saunders».

Green cercò di capire dove il capitano volesse andare a parare, ma proprio non ci riusciva.

«E cosa dovrei fare una volta che le ho trovate?»

«Comprarle, Green. E rimetterle a nuovo. Lì dentro ci sono abbastanza soldi per tutto il necessario».

Green continuava a non capire.

«E perché proprio io?»

«Perché questa vecchia carcassa di marinaio non ci è mai riuscita» disse il capitano Marlow. «E sono sicuro che non mancherai».

Green Talbot voleva chiedere altre spiegazioni, ma il tono con cui il capitano glielo disse lasciava intendere che non aveva alcuna intenzione di aggiungere altro. Pensò anche che senza il capitano Marlow ora si sarebbe ritrovato sul fondo dell'oceano.

«Lo farò» promise.

La mattina seguente la Uragano5 venne accostata da una piccola imbarcazione da carico. Alcuni soldati aiutarono Green a scendere.

Prima di andarsene, guardò un'ultima volta il capitano, e gli chiese: « Ma come ci è finito, alla fine, a fare il capitano di una nave da guerra? »
« Per via di una donna » rispose il capitano Marlow.

22

«*Il posto migliore dove stare se non ne hai visto nessun altro*».

Così gliel'aveva raccontata suo padre, l'America. Green Talbot non aveva ancora cinque anni all'epoca.

Ne aveva anche sentito parlare, di sfuggita, da due clienti che si erano fermati alla locanda di Palomar Almirante.

«Un posto pieno di poveracci che passano tutta la vita a cercare di essere meno poveracci».

«Già» disse l'altro.

«Ma se non sei stato là, è come se non sei stato da nessuna parte».

Green aveva imparato a non badare troppo a quei discorsi. La gente aveva l'abitudine di parlare di ogni cosa e dire male di ogni cosa. Questo si faceva, la sera, nelle locande.

Dopo che era sbarcato, evitando con una buona dose di silenzio i tranelli nascosti nelle domande del verificatore orbo Louis Cateye, e tenendo saldo nella mano il passaporto con le banconote che gli aveva dato il capitano Marlow, abbandonò la piccola isola e si mise a cercare le vetrine Lou Saunders, deciso a mantenere la sua promessa.

Non fece fatica a trovarle. Chiunque fermasse per avere informazioni, con un sospiro pieno di nostalgia, diceva: « Là », indicando con il dito un punto indefinito oltre le file di grattacieli. Gli avevano anche confermato che le vetrine Lou Saunders erano state, fino a pochi anni prima, tra i negozi di gioielli più rinomati della grande città. Poi una sera, all'improvviso, il vecchio Lou era morto. Aveva cenato da solo, come sempre da quando la moglie aveva lasciato questo mondo. Aveva pulito la lettiera del suo gatto Victory e dato il mangime al piccolo canarino Bijou. Poi si era seduto sulla sedia che stava davanti alla finestra, ed era rimasto lì, fino a che non fu trovato due giorni dopo dalla commessa, allarmata per l'assenza del proprietario.

« La cosa peggiore che può capitare a un uomo è di morire in un ospedale. E lui se l'è scampata » diceva Green a chi mostrava troppo dispiacere per la morte del povero Lou.

Quando arrivò gli fu subito chiaro perché nessuno le avesse rilevate. I vetri erano rotti e al posto della grande porta d'entrata erano rimasti solo i quattro cardini che facevano da cornice. Da dentro veniva uno strano odore. 'Di cose dimenticate' pensò Green. Su in cima, un'insegna di legno quasi del tutto scrostata riportava in rosso:

VETR NE LOU SAUN   RS
di Lou Sa nders

e sotto un cartello scritto a mano, con l'indirizzo dell'Immobiliare Fratelli Smith.

Uno dei difetti di Green Talbot, a dirla tutta, era la curiosità. Prima di andare dall'Immobiliare Fratelli Smith e rovesciare sul tavolo la busta di banconote che gli aveva consegnato il capitano Marlow, decise di entrare.

Non c'erano che pochi mobili. Due divani sfondati, una sedia senza gambe e un grande bancone dietro il quale, con tutta probabilità, il vecchio Lou aveva passato una vita a vendere gioielli. Dietro il bancone, socchiusa, una piccola porta in legno di noce. E dietro quella porta, illuminato debolmente dalla luce che veniva da fuori, uno stanzone vuoto, forse il magazzino del negozio.

Green Talbot pensò che rimettere a posto tutto quanto sarebbe stato molto più di una grande fatica, e che al capitano Marlow avesse dato di volta il cervello. Fu in quel momento che sentì provenire una specie di sussurro biascicato dal fondo dello stanzone.

« Mdooo follo gmitllato e olto ».

I suoi occhi si stavano abituando all'oscurità. Gli sembrava di notare muoversi qualcosa che sembrava avere la forma di un sacco di patate.

« Mndoo folto gomitollato e olto ».

La forma che sembrava un sacco di patate si alzò in piedi e gli piombò davanti nello spazio di un attimo. Lo prese per il collo, stringendo la presa e formando una gabbia asfissiante con le sue contorte e lunghissime unghie. Strinse ancora, allargò la bocca in un sogghigno che mostrava una fila di denti marci, e con una zaffata di alito pestilenziale disse: « MONDO FOLTO RAGGOMITOLATO E STOLTO! »

Green Talbot rimase immobile per lo spavento. Si sentiva soffocare. Poi si ricordò di quello che gli aveva detto il vecchio Palomar Almirante quando aveva lasciato la locanda. Si divincolò da quella stretta facendo ricorso a tutte le sue forze, e corse, Green, con due gambe che sembravano otto, uscì dal magazzino, saltò al di là del bancone e imboccò l'uscita, sentì ancora una volta dietro di lui quella specie di demonio dire « Mondo folto raggomitolato e stolto! », ma lui continuò a correre, senza pensare a niente. Imboccò una strada, poi un'altra e un'altra ancora, fino a che incontrò nella sua traiettoria una vecchia che portava una busta con la spesa, la schivò con un salto e andò a sbattere contro un uomo altissimo con una bombetta in testa, e insieme si rovesciarono sul selciato.

L'uomo altissimo raccolse la bombetta da terra, se la rimise in testa e si rialzò.

« Che le prende, ragazzo? Sembra stia scappando dal Demonio ».

Il Demonio. In quel momento Green si sentiva completamente frastornato.

« Ragazzo, mi sente? Dico, mi è appena saltato addosso riducendo il mio vestito a un ammasso di polvere ».

« Mi scusi » disse Green.

L'uomo altissimo con la bombetta non sembrava minimamente turbato.

« La posso aiutare in qualche modo? »

« Sono Green Talbot » disse Green Talbot. « Sono in America da poco, e sto cercando delle persone ».

« Cornelio Smith. Discretamente lieto di aver fatto la sua conoscenza » disse l'uomo altissimo con la bombetta.

« Smith della Immobiliare Fratelli Smith? »

« In persona ».

« Cercavo proprio lei » disse Green.

E pensò che il mondo, talvolta, fosse piuttosto bizzarro.

23

«Questo denaro non basta, sono desolato» disse Cornelio Smith.

«Non basta, desolato» disse suo fratello Aurelio Smith.

I due fratelli della Immobiliare Fratelli Smith erano identici. Non solo nell'aspetto fisico, anche nei vestiti che indossavano e nelle movenze. Ma uno parlava, l'altro annuiva. Uno stava sempre un po' più avanti, l'altro un po' più indietro.

«Siamo gemelli. In tutto e per tutto uguali».

«Tutto per tutto uguali».

E gli stavano dicendo, entrambi, che lui non aveva abbastanza soldi per rilevare quelle quattro mura in disfacimento.

«Come, il denaro non basta? Il capitano Marlow mi ha detto che ne sarebbe avanzato, anche».

«Il capitano Marlow ha una convinzione tutta sua...»

«Tutta sua».

«... È convinto che le vetrine Lou Saunders, con il passare del tempo, tendano a svalutarsi...»

«Tendano. A svalutarsi».

«... Ma vede, signor Talbot, l'errore sta tutto in questo tipo di calcolo. Le vetrine Lou Saunders non solo non perdono di valore, ma di anno in anno lo *triplicano*».

«*Triplicano*. Di anno in anno».

Green Talbot non sapeva che a New York la maggior parte delle agenzie immobiliari erano sotto il controllo dei fratelli Smith. Oltre a possedere centinaia di immobili e innumerevoli proprietà, avevano decine di conoscenze in ambienti politici e tra i più grossi industriali dello Stato. Questo voleva dire due cose. La prima, che i prezzi degli immobili li decidevano loro, e spesso in maniera del tutto arbitraria. La seconda, che erano schifosamente ricchi.

Tuttavia, nonostante l'antico prestigio di quelle vetrine nessuno le voleva rilevare al prezzo folle che chiedevano. Lo stesso capitano Marlow aveva inviato, in quegli anni, diversi telegrammi con offerte in denaro sempre maggiori. Ma erano stati telegrammi a vuoto. Così doveva aver pensato che quel ragazzo poteva avere i numeri giusti per farcela. Se fosse anche riuscito a rimetterle in sesto, il capitano avrebbe ottenuto in un colpo solo tutto quello che voleva. Era un uomo che sapeva il fatto suo, del resto.

« Senta » disse Cornelio Smith. « Una soluzione ci sarebbe... »

« Ci sarebbe ».

« ... Ho certi amici che potrebbero prestarle la somma che le manca, in cambio di un'altra piccola somma in aggiunta ».

« Interessi » fece eco Aurelio Smith.

Tirò fuori dal taschino un piccolo quaderno e una penna, e si mise a fare dei conti.

Green Talbot pensò che la somma mancante non era troppo alta. Sarebbe riuscito a pagare il suo debito in due anni al massimo.

Aurelio Smith posò la penna e passò il piccolo quaderno al suo gemello.

Cornelio Smith guardò la cifra, disse «Mmm», poi la mostrò a Green Talbot. «Ecco, questo è quello che dovrà ridare a quei miei amici...»

«A quei *nostri* amici».

«... Ai nostri amici. Ma può farlo entro tre anni. Non c'è fretta...»

«*Solo* tre anni».

«La devo avvertire che sono molto fiscali. Non oso immaginare cosa le potrebbe capitare se ritardasse il pagamento anche di un solo giorno».

«Un solo giorno e *addio*».

Green Talbot guardò la cifra. Gli pigliò un colpo.

«È tre volte quello che mi manca. Potrei comprare due volte le vetrine Lou Saunders!»

«*Quasi* due volte» precisò Cornelio Smith.

«Quasi» fece eco Aurelio.

Ma Green Talbot voleva tenere fede alla promessa fatta al capitano Marlow. E, in un certo senso, anche a se stesso.

«Li pagherò in due anni al massimo» disse, con un moto d'orgoglio.

Cornelio Smith guardò Aurelio Smith. Aurelio Smith guardò Cornelio Smith. Mai prima d'allora qualcuno si era offerto di pagare in anticipo. E poi con così tanta decisione! I loro occhi semichiusi di agenti immobiliari avvezzi alla compravendita di case e ad altri più o meno onesti affari, si bagnarono di qualcosa che ancora non conoscevano.

Green Talbot rimase lì, a chiedersi cosa avessero quei due, da commuoversi fino alle lacrime.

Ma subito dopo, accortosi di quella imbarazzante situazione, Aurelio Smith tirò fuori un fazzoletto di seta dal suo taschino, si asciugò prima un occhio e poi l'altro, e passò lo stesso fazzoletto a suo fratello Cornelio.

«Contratto. Serve un contratto» disse poi Cornelio Smith.

«Contratto, già».

«Aurelio, ci pensi tu?»

«Ci penso, ci penso».

«E veniamo a lei» disse Cornelio Smith rivolgendosi a Green Talbot, sfregandosi le mani l'una con l'altra. «È soddisfatto dell'acquisto? Le serve sapere altro?»

«Qualcosa ci sarebbe» disse Green, che aveva ancora vivide davanti agli occhi le manacce di quella strega che lo tenevano ben saldo per il collo.

«Sììì?»

«Prima di scontrarmi con lei, be', sono stato alle vetrine. Voglio dire, sono entrato, per dare un'occhiata».

Green Talbot raccontò a Cornelio Smith il suo incontro, nei minimi dettagli. Raccontò del sacco di patate che si muoveva dal fondo del magazzino sul retro e di quegli artigli che gli avevano afferrato il collo.

«Beee'» disse Cornelio Smith dando un'occhiata a suo fratello, che finì di scrivere e gli passò il foglio con il contratto. «Faccia una firmetta qui che vediamo di risolvere subito questo *problemuccio*».

Green Talbot, felice che i due fratelli Smith si prodigassero in questo modo per lui, firmò.

«Hahaha» disse subito dopo Cornelio Smith. «Mi *spiace* signor Talbot, ma non abbiamo la minima idea di come fare a togliere di mezzo quella strega...»

«Strega, uuh».

«Ma avete detto...»

«*Abbiamo* detto. *Abbiamo* detto. Quante cose si dicono, signor Talbot. C'è un solo motivo sul perché si dicono tante cose... »

« A vanvera ».

« ... Gli *affari* signor Talbot. Gli *affari*... »

« È un ingenuo! »

« ... E ora vada, le vetrine Lou Saunders sono di sua proprietà. Con tutto il loro... ehm... contenuto... »

Cornelio Smith mise una mano sulla spalla a Green, accompagnandolo fuori dall'agenzia.

Quando fu di nuovo sul marciapiede sentì chiudersi dietro di lui la porta con un tonfo, a cui seguì un armeggiare di chiavi e uno scatto di serrature. Si ritrovò così di nuovo solo, nel mezzo di una strada polverosa, con un contratto di acquisto in mano e una strega indemoniata ad aspettarlo. Non sapeva cosa fare e perciò si rimise in cammino verso le vetrine Lou Saunders, deciso a parlare con lei.

24

Rimase qualche secondo a guardare l'insegna.

VETR NE LOU SAUN RS
di Lou Sa nders

Poi entrò, tirando un respiro profondo per farsi coraggio. Aveva buone gambe, del resto, e nel peggiore dei casi le avrebbe usate, come aveva fatto poche ore prima.

Quando si trovò di fronte alla porta del magazzino, esitò un istante. Rimase a fissarla per più di qualche secondo. Poggiò la mano sulla maniglia, lentamente. E l'aprì.

Guardò attraverso la penombra per vedere se era ancora lì, ma non vide nessuno.

Subito due mani gli piombarono al collo da dietro e strinsero così forte da fargli quasi perdere i sensi.

« Credevi di farmela, ingenuo di un ragazzo, eh? »

Green voleva dire qualcosa, ma il fiato gli si era spezzato in gola.

« Ti torco il collo, lurido! »

La sentì schioccare le labbra e percepì una zaffata di alito pestilenziale. Cercò di farle allentare la presa, ma era forte come una tenaglia d'acciaio.

Quello che lo colpì, prima di lasciarci definitivamente la pelle, erano proprio quelle mani.

«Gliee m ani» cercò di dire.

Fece appello a tutte le sue forze, le sue mani divennero quattro, e riuscì a liberarsi un poco.

Un filo d'aria si infilò in gola e gli entrò nei polmoni.

«La tua... pelle... è... così...» disse. «Morbida».

La strega fece un sussulto, e allentò ancora la presa.

Era abbastanza perché lui potesse girarsi. Fece un lungo respiro, percorse con lo sguardo le braccia della donna e i capelli increspati che le coprivano quasi tutta la faccia. La guardò all'altezza degli occhi.

«Il mio nome è Green» disse. «Green Talbot. E ho appena comprato questo posto».

Si guardarono, quasi volessero studiarsi. Poi fu lei a parlare per prima.

«Sei uno di quelli? Ne sono già venuti molti... Corri, ragazzo, vattene, sei ancora giovane per andare all'altro mondo!»

«Non posso» disse Green. «Ho comprato questo posto con tutti i soldi che avevo, e me ne sono fatti anticipare due volte di più».

La donna inclinò leggermente la testa da una parte, poi dall'altra. Era come se cercasse di capire chi fosse quell'idiota.

«Devo rimettere a posto tutto quanto. Ho fatto una promessa a un uomo. Mi ha salvato la vita, sono qua per lui. È il capitano di una grande nave da guerra».

La donna fece alcuni passi indietro.

«E come si chiama, quest'uomo?»

«Capitano Marlow. John Marlow. Mi ha dato tutto il denaro che possedeva».

Dall'ingresso entrò una folata di vento, che sollevò di poco i capelli della donna.

«Come ti chiami?» le chiese Green.

« Eveline ».

I suoi capelli volteggiarono in aria portati da quel vento invisibile, migliaia di fili chiari, e Green poté finalmente vedere per pochi secondi i suoi occhi. Erano del colore dell'acqua, e non erano certo gli occhi di una strega.

« Eveline » disse Green. « Tu puoi restare. Puoi aiutarmi, se ti fa piacere ».

Il vento cessò. I capelli ritornarono a coprirle il viso.

« Il mare, Green Talbot, ti ha portato il mare ».

Il suo sguardo attraversò l'insieme di fili chiari che continuavano a muoversi, spostati dall'aria, e per la prima volta dopo tanto tempo Eveline usò una delle sue mani con delicatezza, per sfiorare la fronte di quel ragazzo. Lasciò scorrere due dita fin oltre la guancia. Green socchiuse gli occhi per ascoltare il rumore che una pelle faceva con l'altra pelle, e si accorse che ancora non l'aveva mai sentito.

25

Non fu facile rimettere a posto il negozio. Green ed Eveline lavorarono fianco a fianco, i giorni e le notti. Si dimenticarono di dormire e di mangiare.

Riuscì a convincere un venditore di mobili usati a concedergli credito per alcuni mesi. Il venditore di mobili usati riuscì a convincere un vetraio a concedergli credito per alcuni mesi. E così fu per il falegname e il tappezziere, per l'idraulico e l'elettricista. Green Talbot aveva promesso una parte dei guadagni delle vetrine Lou Saunders per i successivi dieci anni. E loro, in quella grande città atterrata solo pochi anni prima dal collasso delle banche e dal crollo della Borsa, ricominciarono a credere in qualcosa.

Quando fu ora di riempirle con nuovi gioielli, Green Talbot si convinse che non sarebbe stato l'oro a fare la sua fortuna. Così, un giorno, disse a Eveline: « Ceramiche ».

Eveline lo guardò attraverso i fili lunghissimi dei suoi capelli.

« D'ora in poi le vetrine Lou Saunders venderanno ceramiche ».

Stava arrivando la fine del 1939. Dall'Europa provenivano voci di una guerra che si stava diffondendo a macchia d'olio. Un imbianchino tedesco credeva che il suo Paese fosse più importante di tutti gli altri, e aveva spedito i suoi eserciti ai quattro venti.

Una sera, dopo la chiusura del negozio, Eveline era seduta su una sedia e Green Talbot le stava tagliando un buon mezzo metro di quei capelli con forbici nuove di zecca.

«Gli uomini a volte danno di matto» disse Eveline ripensando a quella faccenda dell'imbianchino tedesco.

«Anche le donne» disse Green, mentre lasciava cadere a terra ampie ciocche.

Quando finì, Eveline sembrava un'altra persona. Era come se una timida bellezza le riempisse il viso. Se non si metteva a ridere scoprendo la fila di denti marci, più di qualche scapolo avrebbe pensato di chiederla in moglie.

«Se non ridi sei più bella» le disse più volte Green.

E lei, ogni volta che lo sentiva parlare in quel modo, finiva sempre per fare un sorriso.

L'anno successivo le vetrine ritornarono a essere uno dei negozi più visitati dalla gente per bene. Quello che andava per la maggiore erano i servizi di porcellana che arrivavano dalla Cina o curiose statuette indiane raffiguranti dèi sconosciuti da quelle parti. Gli stessi fratelli Smith ordinarono, per la costruzione di nuovi grattacieli di lusso, partite intere di piastrelle provenienti da Modena.

Gli affari andavano a gonfie vele. Ogni mese Green Talbot versava una parte dei guadagni al venditore di mobili usati, al falegname e al tappezziere, all'idraulico e all'elettricista, come avevano pattuito. Tra i migliori clienti si contavano l'avvocato Steve Burrey, il dentista Malcolm Agleilaki e il banchiere Adelmo Fritz. I tre, a dire il vero, dimostravano molto più interesse per Eveline, che per le ceramiche. Con il passare dei mesi si faceva sempre più elegante nei modi. Era una donna adulta, ma la sua pelle era rimasta giovane.

In due anni riuscì a ripagare il debito contratto con gli strozzini e si guadagnò l'ammirazione definitiva dei fratelli Smith, che raddoppiarono da un mese all'altro la richiesta di piastrelle italiane. Mandò più volte telegrammi al capitano Marlow per tenerlo al corrente delle novità, ma non ottenne mai risposta.

Sembrava andare tutto per il meglio. Lui ed Eveline si erano ricavati nel magazzino una stanza, un bagno e una piccola cucina. La sera si addormentavano appena si stendevano sul letto, non prima di conversare sulle questioni più disparate davanti a una tazza di tè verde. Una di quelle sere Eveline gli confessò perché due anni prima si era frenata dall'impulso di strozzarlo.

«L'uomo che ti ha salvato la vita, a me l'ha portata via».

Green si chiese cosa mai avesse fatto di male il capitano Marlow.

E lei glielo raccontò.

26

Prima di diventare capitano sulla nave ammiraglia della flotta Uragano, e prima ancora che il mare lo chiamasse a sé, John Marlow era un ragazzo di terra, nato in un posto dimenticato da Dio, dove la rada vegetazione lasciava spazio a distese brulle che continuavano per miglia, fino alle lontane colline.

Amava la terra e ne aveva fatto il suo lavoro. La spianava, la preparava, e quando era pronta ci costruiva sopra una casa.

Il suo paese era l'unico nel raggio di un centinaio di miglia e non era raro incontrare viaggiatori che sostavano qualche giorno, per far riposare i cavalli e rifornirsi di cibo.

Portavano i racconti di terre lontane. John Marlow ascoltava attentamente i loro discorsi, la sera al saloon, tra una partita di carte e l'altra. Fu uno di questi che attirò la sua attenzione. Si chiedevano quanto grande fosse il mare. Aveva da poco compiuto sedici anni, e per lui il mondo era una landa desolata.

Ne aveva sentito parlare molte volte, del mare. Ma la gente lo faceva come se si trattasse di qualcosa talmente lontano da metterne in dubbio perfino l'esistenza.

«Per me è più grande di tutta la terra del mondo» disse uno dei due, tracannando in un sorso un bicchiere di rum.

« Figuriamoci » disse l'altro. « Sono marinaio quanto te, ma stai sicuro di questo: se ci fosse più acqua che terra ci sarebbe da stare freschi! »

John Marlow chiese di accomodarsi al loro tavolo e ordinò da bere per tutti e tre. Chiese del mare e del loro lavoro di marinai. Parlarono, fino a notte fonda, e lui continuò a ordinare da bere. Più si svuotavano bicchieri di rum e più i loro discorsi si facevano fantastici e avventurosi. La figura del marinaio si mischiò, nei pensieri di John Marlow, a quella mitica degli eroi.

Non più di una settimana dopo, quando ebbe finito di costruire una piccola rimessa per gli attrezzi del maniscalco, decise di aggregarsi a un gruppo di viaggiatori che si dirigevano verso est.

Quando lo vide per la prima volta capì che era l'acqua, e non la terra, il posto dove avrebbe passato il resto dei suoi giorni.

27

«Chi lo conosce poco è pronto a giurare che sia sceso solo per qualche ora, quando era obbligato a scaricare le merci, ma che del resto non abbia mai abbandonato le navi su cui ha prestato lavoro» raccontò Eveline. «Ma non è del tutto vero. Una volta, una sola, fu sul punto di lasciar perdere il mare. Fu due anni prima che lo promuovessero ufficiale. Controllava lo scarico di alcune casse provenienti dall'Europa. Stava lì, chiedendosi cosa mai contenessero, visto che non c'era nessuna scritta, solo un recapito a cui consegnarle. 'Calzini' si sentì rispondere. Dietro di lui c'era una donna giovane e minuta. 'Sono calzini' gli disse. 'Filo di Scozia. Per la mia bottega'. Si chiamava Cybil, e lavorava nella merceria del porto. Lo invitò a provarsene un paio, e lui andò. Cominciò così».

Eveline parlava controllando la voce, attenta a tenere sempre lo stesso tono. Guardava a terra, come se stesse raccontando quella storia più a se stessa che ad altri.

«Si innamorarono, e lei lo convinse a restare. Dopo un anno rimase incinta. Si dice che più la sua pancia cresceva, più il marinaio Marlow si dimenticava delle navi e del mare. Teneva a quella donna più che a ogni cosa. Ma quando nacque sua figlia, la sorte si portò via la madre, in pochi giorni. Un'infezione, dicevano i dottori. Marlow ne uscì distrutto. Non mangiava, la sua barba si allungava a dismisura. Dopo tre mesi gli arrivò una lettera, la portò un commesso della capitaneria di porto. L'esercito degli Stati Uniti aveva accolto la sua domanda. Dicono che respirò l'inchiostro, e sentì l'odore del mare.

«S'imbarcò con sua figlia. Quando sbarcarono a New York, fu la seconda volta, l'ultima, che lasciò la nave per più di qualche ora. Raggiunse un piccolo convento di suore, e quando gli aprì la vecchia e raggrinzita madre Faith le infilò tra le braccia il fagotto, e tutto quello che aveva guadagnato fino ad allora. 'Prendetevi cura di lei' disse. 'Tornerò appena mi sarà possibile'».

«Ma non tornò» disse Green.

«No, e io rimasi anni ad aspettarlo, che venisse a portarmi via. C'era da impazzire, là dentro. Veglie e preghiere, preghiere e veglie. A vent'anni mi dissero che se volevo rimanere dovevo prendere i voti, e io li presi. Forse le preghiere di una suora sarebbero state ascoltate. Pregavo, sempre. Prima Dio, ma non aveva molta voglia di rispondere. Allora pregai tutte le cose che avevo a portata di mano. Pregai le panche della chiesa, i lampadari, il pappagallo della madre superiora. Pregai i muri del convento e il cortile. Così, per dieci anni. Quando mi resi conto che nessuna delle mie preghiere avrebbe mai avuto risposta, cominciai a maledirli tutti. Le panche della chiesa, i lampadari, il pappagallo della madre superiora, il convento con i suoi muri e il cortile, e tutte le suore. In pochi giorni la madre superiora finì a letto con una febbre da cavallo e il pappagallo schiattò la notte stessa. Stracciai il velo, e me ne andai. Non avevo un lavoro, niente. Trovai aiuto dal vecchio Lou Saunders. Sua moglie era morta anni prima e non aveva mai avuto una figlia, e quello era il momento buono per cominciare, diceva. Furono begli anni. Poi se ne andò, una notte, seduto davanti a una finestra, e quei due avvoltoi degli Smith si presero questo posto».

Finì il suo racconto che Green le stava accarezzando i capelli, piano.

E smisero di parlare.

28

Passarono quattro anni, nella velocità di un luogo pieno di cambiamenti.

Dai giornali arrivavano le notizie della terribile guerra che stava sconvolgendo l'Europa e il mondo intero. Nel 1941 i giapponesi avevano distrutto la base americana di Pearl Harbour, alle Hawaii, e anche gli Stati Uniti erano entrati nel conflitto.

Nonostante tutto, da quella parte del mondo, la vita continuava a scorrere piuttosto serena.

Ma Green Talbot sentiva crescere in lui, con il passare dei mesi, una grande nostalgia per la sua vecchia Inghilterra.

L'occasione gli arrivò sotto forma di telegramma, il 10 gennaio del 1944.

Diceva: *Tra due giorni partiamo per l'Europa. Gli Stati Uniti chiedono anche il tuo aiuto. Capitano John Marlow.*

Quando lo mostrò a Eveline, lei non disse niente. Si limitò a stringerlo a sé come una madre con il proprio figlio.

«Devo andare» disse Green.

«Lo so».

Restarono fermi, una davanti all'altro. Poi si avvicinarono, e le loro labbra si sfiorarono, come in un ultimo, lungo saluto.

Eveline toccò la giacca di Green, percorrendone i bordi con entrambe le mani. Rimase ad ascoltare il lento scorrere del cotone ruvido, scivolare via, come un piccolo vento. Toccò la seta della camicia bianca, tirandola fuori, lentamente, dai pantaloni. Poggiò le sue labbra piene, di donna, sull'addome del ragazzo. Lo sentì curvarsi, impercettibilmente. Erano labbra. Nient'altro. Tenute lì, ferme, ad assaggiare quel ragazzo, che le sembrava di assaggiare lo spazio di tutte le vetrine, e di tutta la via, e dei passi delle persone su quella via. Green si chiedeva cosa fosse quel rumore che sentiva dentro di sé. Si chiedeva perché avrebbe voluto scappare, e invece continuava a rimanere lì. Sentì allentarsi i bottoni, la stoffa che gli copriva le gambe scendere alle ginocchia. Anche le labbra di Eveline scesero, senza mai staccarsi, quelle labbra che respiravano appena. Fu allora che entrambi, quasi nello stesso momento, aprirono gli occhi. Si guardarono per qualche attimo, in silenzio. Green sentì un calore salirgli alla testa, l'avrebbe detta una specie di pace, se gliel'avessero chiesto. Eveline continuava a guardarlo, come si guarda un amante, o un figlio. Aprì le labbra, appena, e lo prese dentro di sé. Green chiuse gli occhi. Le poggiò d'istinto le mani sui capelli, di seta, erano capelli di seta, da toccarli fino a consumarsi le mani. Vide centinaia di alberi e gabbiani e marinai, e sentì che c'era il mare, da qualche parte, e alla fine diventava lui, il mare. Le labbra di Eveline che si muovevano, come certe musiche leggere. Sentì colori infilarsi nella sua testa, colori, che erano un temporale, un maledetto temporale, non riusciva più a tenerli, colori impazziti che si muovevano, si mischiavano, si staccavano. E li sentì di colpo fuggire, scendere lungo la spina dorsale e infilarsi lì dentro, in quel suo pezzo di carne che stava nella bocca di Eveline, e uscire da lui, di getto. Eveline lo strinse a sé, e restò lì, a farsi investire da quei colori intermittenti e continui.

Poi, si fece indietro. Quando Green riaprì di nuovo gli occhi lei era ferma, a guardarlo, come si guarda un figlio.

Riuscì solo a chiederle, con la voce sottile: «Cos'era?»

«L'amore» rispose Eveline.

Prima che Green Talbot varcasse la soglia del negozio, per non tornare mai più, Eveline parlò.

«Credo che mi sposerò, Green. Il dentista Malcolm Agleilaki si è deciso a chiedermi in moglie».

«Avrai un bel sorriso».

Quella fu l'ultima cosa che si dissero.

29

La nave a cui fu destinato era la Uragano3. Si chiedeva perché il capitano Marlow non l'avesse voluto con lui, ma riusciva a immaginarlo. Sapeva troppe cose di quel-l'uomo che aveva fatto della sua vita un segreto. Il suo unico cenno fu un biglietto portato da un mozzo, con scritto sopra, in buona calligrafia, *Ben fatto*, e sotto la firma del capitano.

Gli insegnarono come sparare e tutto quello che doveva sapere un buon soldato. Green Talbot imparava, in silenzio. I militari bevevano e ballavano ogni sera, come se in Europa li aspettasse una gran festa.

Non partecipava ai loro divertimenti. Andava spesso sul ponte, la notte, e guardava l'orizzonte. Durante l'intero viaggio mai gli capitò di vedere un'isola con le bottiglie capovolte piantate in terra, né sentì il verso poderoso dell'albatro Farinata o la strana parlata del suo vecchio amico Banjeseiro. Solo, gli sembrava di percepire una continua e oscura presenza, come se attorno a lui ci fosse qualcosa di indefinito. Ma forse era solo il rumore lontano della guerra a cui stavano andando incontro.

30

Fu quell'anno che vide finalmente la Francia. Il 6 giugno del 1944. Salirono che era ancora notte sulle scialuppe dirette verso la spiaggia Omaha, in Normandia. Avevano l'ordine di raggiungere con ogni mezzo Pointe du Hoc, in cima alla scogliera, e distruggere i cannoni che controllavano le aree di sbarco.

Non iniziò nel migliore dei modi. Gli americani persero quasi tutti i carri anfibi, che affondarono uno dopo l'altro per via del mare agitato. Spaccò le deboli protezioni che avevano aggiunto per farli navigare.

Dall'altra parte, appostati al riparo sulle ripide scogliere, stava una delle migliori divisioni tedesche.

Ancora prima di mettere piede sul suolo francese Green Talbot venne distratto da una bagnarola che affiancava, poco lontano, la flotta Uragano. Teneva issata una bandiera francese con un teschio disegnato sopra. Riuscì a sentire solo un grido di battaglia.

« Miei prodi! Terrori dei mari! All'arrembaggio! Liberiamo la Francia dagli invasori! E saccheggiamo tutto quel che c'è da saccheggiare! Ohr ohr ».

« All'arrembaggio! » sentì rispondere in coro dai marinai.

'Quello è...' pensò.

Ma venne presto distratto dal sibilare dei proiettili. Migliaia di colpi, da ogni parte. I soldati americani cadevano come mosche, inghiottiti dall'acqua del mare. Quelli che riuscirono a sbarcare si misero a correre, con tutte le loro forze, sullo spazio di spiaggia che li separava dal nemico. Anche Green corse, con due gambe che sembravano otto, le esplosioni dei cannoni facevano morti a decine, ma lui correva che pareva un fulmine. Ebbe un solo pensiero, in mezzo a quel macello di uomini: suo padre. Ripensò alla storia della mina che gli aveva portato via una gamba.

E per la prima volta, in vita sua, si fermò.

In quel momento una palla di cannone esplose a poche decine di metri, nel punto esatto dove l'avrebbe portato la sua corsa. L'esplosione fu talmente forte da sbalzarlo indietro, facendolo cadere lungo disteso sulla sabbia umida.

Non si riprese nemmeno il giorno dopo, quando percepì che qualcuno lo tirava per un braccio e se lo stava caricando in spalla. Gli arrivò alle orecchie il suono di una voce familiare. Cercò di aprire gli occhi ma ci riuscì solo per pochi istanti, e quello che vide era l'immagine sfocata di un uomo.

«BRUTTI mondi, BRUTTI mondi. Guarda se dovevo incontrarti di nuovo in QUESTO macello EPOCALE».

Lo portò sulle spalle per qualche miglio, poi lo adagiò nel sedile posteriore del caccia, si infilò gli occhiali da aviatore, e sparì dai cieli francesi.

Quando Green Talbot si riprese, era disteso su un letto pulito. Si guardò intorno, e riconobbe una stanza della locanda di Palomar Almirante. Dopo qualche ora entrò il vecchio Palomar, con una tazza di brodo fumante.

«Sapevo che non ci avresti messo molto a svegliarti. Salvo per miracolo, a quanto pare».

«Mi sono fermato sul più bello» disse Green, ma il vecchio Palomar fece cenno di non capire.

«Ti ha portato qui il nostro buon amico comune. È riuscito a fare quello che voleva. È un aviatore, adesso».

«Dov'è?» chiese Green.

«Partito, e solo Dio sa cosa andrà a combinare. Ma ha lasciato detto che quando meno te l'aspetti, lui tornerà».

Nonostante la sua promessa, Green Talbot non rivide più Jerry Spears. Dopo la guerra il suo aereo non fu più trovato. Si racconta che disertò, volando verso il territorio tedesco in un tentativo di attacco solitario.

Green Talbot si rimise in sesto in poche settimane, ma rimase alla locanda fino all'anno successivo, come aiutante. Nei giorni più freddi dell'inverno percepiva, talvolta, la stessa oscura presenza dei giorni in viaggio sulla Uragano3, come uno strano presentimento che lo inseguiva. Lo raccontò al vecchio Palomar, che lo tranquillizzò.

«La guerra fa brutti scherzi, ragazzo mio».

Un giorno Palomar Almirante, di ritorno dal mercato cittadino, portò a Green buone notizie e gli consigliò di raggiungere Londra, dove avrebbe potuto cercare un lavoro migliore e una sistemazione. Era il 1945 e l'Europa si era data come priorità la ricerca della pace. Quando fu ora di partire, il vecchio Palomar lo mandò alla stazione, dove c'era uno dei più famosi macchinisti di tutta l'Inghilterra, che stava attendendo la riparazione della sua locomotiva.

«È noto per non essere mai in ritardo. Lo chiamano tutti Stock O'Clock, per via della sua gamba di legno con cui ha l'abitudine di battere il tempo. Mi deve un favore, la locanda Almirante gli ha offerto il pasto e l'ospitalità più di una volta».

Green Talbot strinse la mano al vecchio Palomar, come era uso tra di loro, e si mise di nuovo in cammino, con addosso la divisa da militare ormai logora e in tasca il poco denaro che aveva guadagnato.

Alla stazione riconobbe subito Stock O'Clock. Zoppicava avanti e indietro battendo sul terreno sonori colpi con il legno della sua gamba, scrutando con sguardo obliquo il lavoro dei due uomini che gli stavano aggiustando la locomotiva.

Si avvicinò e si presentò. Gli portò i saluti di Palomar Almirante.

« E ha detto anche che è stato un piacere averla ospite alla locanda ».

Il macchinista Stock, che era furbo come una volpe, gli chiese: « Umpf. Dimmi, cosa vuoi? »

« Devo andare a Londra ».

« E sia » disse il macchinista Stock. « Si parte tra due giorni ».

IL TEMPO

31

Il treno si fermò, dopo molte ore di viaggio e poche soste, in una piccola stazione distante meno di un pomeriggio da Londra. Il macchinista Stock scese dalla locomotiva e si guardò intorno.

«Dove diavolo siamo?» si chiese ad alta voce.

Fece qualche passo, *stock*, verso l'entrata della piccola stazione, *stock*.

Sembrava abbandonata. Dava l'idea di un posto in cui non era mai passato nessuno.

Green Talbot lo seguì e si fermò un passo prima di lui.

«Non ho idea di che posto sia questo» disse Stock al ragazzo. «È piuttosto strano. E sì che conosco tutte le stazioni d'Inghilterra. Tutte, ragazzo».

Tirò la maniglia della porta. Era aperta.

Davanti a loro il bancone in legno scuro della biglietteria, dietro cui stavano tre sedie uguali. A fianco due panche e poco sopra una piccola lavagna con scritto, in gesso, *Attesa*.

In alto un datario meccanico era fermo a due anni prima. 20 SEPT 1943. La luce del sole che entrava da una grande vetrata illuminava il vorticare della polvere nell'aria.

«Allora?» chiese Green.

«Niente di niente. Ci scommetto la gamba buona che questa stazione non esiste».

«Come può non esistere?»

«Non l'ho mai vista prima, e per quanto mi riguarda non esiste. A occhio e croce siamo i primi che si fermano da queste parti».

Gli sembrava di capire che il macchinista Stock non avrebbe voluto sentire altre ragioni. Gli propose solo di uscire, dall'altra parte, per chiedere a qualcuno in paese che posto fosse quello.

Ma quando uscirono non trovarono nessun paese. Solo una lunga strada di terra che si perdeva zigzagando all'orizzonte, tra la foschia e i pochi alberi.

«Questa è bella» disse Stock.

Green Talbot annusò l'aria. Era un'aria strana, assente. Cercò di percepire qualche tipo di suono, vicino o lontano. Era tutto avvolto nel silenzio.

«Qui non c'è un bel niente» disse Stock. «Andiamocene, ragazzo».

Quando si voltarono per rientrare Green Talbot si fermò. Attaccato al muro, accanto alla porta, c'era un manifesto grande quasi quanto lui.

STAZIONE DI TRANQUILLITY

GRANDE APERTURA. 21 SETTEMBRE 1943

NON CI SONO I TRENI? ARRIVERANNO

Anche Stock si fermò. Si grattò la barba bianca a punta e si girò lentamente verso Green.

«Che mi venga un accidenti. Tranquillity. Mai sentita».

«Tranquillity ha una stazione» disse Green senza nemmeno starlo a sentire. «Stock! Tranquillity ha una stazione! Permettono alla gente di arrivare, capisci? »

Corse verso di lui e lo abbracciò, lo alzò di peso da terra e gli fece fare una giravolta.

« Ehi » disse Stock. « Mettimi giù pazzo di un pazzo! »

Green allentò la presa, e in quel mentre il cappello cadde dalla testa di Stock. Si abbassò lentamente a raccoglierlo, se lo rimise addosso e lanciò uno sguardo torvo al ragazzo.

« Umpf. Vuoi dire che conosci questo posto? »

« Ci sono nato! »

« Ora dobbiamo andare, e in fretta » disse Stock, guardandolo, dopo una breve pausa fatta di uno o due pensieri non articolati del tutto.

« Ma quella è la mia città! »

Green ripensò ai suoi genitori, al cane Grof, al reverendo Barry, alla pancia sul punto di esplodere del sindaco Ray Wonder e alla piccola Kathy, la figlia di Hillary Mark. A guardarla negli occhi si leggeva il futuro. Sarebbe di sicuro diventata la donna più bella di tutta l'Inghilterra. E il futuro, a pensarci bene, era adesso.

Il macchinista Stock, persona come tante altre affetta da assenza di curiosità, era tuttavia tentato di fare almeno quattro o cinque domande a quel ragazzo. La storia della stazione inesistente sarebbe stato l'argomento di discussione di tutti i ferrovieri nei bar dopolavoro, e lui l'unico a saperne qualcosa. Ma Stock, prima ancora che un macchinista, era un uomo che aveva fatto della puntualità un orgoglio, un vanto, una bandiera da tenere alta a qualsiasi costo. Se fosse risalito sul treno senza aspettare ancora sarebbe potuto arrivare alla stazione successiva in perfetto orario, come sempre. Avrebbe dovuto darci dentro, ma lui, quei grandi ferri su rotaie, li sapeva portare da grande maestro.

« Ragazzo, devo andare, e tu devi decidere se venire con me o restare in questo posto dimenticato da Dio ».

Green percepì il grattare della barba bianca, a punta, sui bottoni della casacca grigia; le sue mani nodose e dure che si sfregavano nell'aria. Sentì la sua gamba di legno cercare un assetto sul terreno.

« Perché? Questa cosa della puntualità, dico ».

« Perché, perché, perché? Cosa sarebbe il mondo senza la puntualità! »

« Un mondo con meno preoccupazioni, forse ».

« Meno preoccupazioni? Meno preoccupazioni? Ragazzo mio, te li immagini gli uomini d'affari che arrivano in ritardo? Le navi da carico che arrivano in ritardo? I *treni* che arrivano in ritardo? »

« I treni arrivano già in ritardo ».

« Il mondo andrebbe a rotoli, ecco come andrebbe. Rotoli di mondo da tutte le parti! Non lo riesci a immaginare? Salterebbero contratti, rifornimenti, non ci sarebbe più una regola per nessuno! Ah » disse il macchinista Stock. « Mi dolgo ragazzo, ma con te non si può ragionare. E il ritardo aumenta! »

Stock si rese conto che non sarebbe mai arrivato puntuale, mai, alla stazione successiva. Si girò, e iniziò a camminare, passo, *stock*, passo, *stock*, verso l'entrata, alzò una mano, disse « Addiooo », muovendola a sinistra e a destra, attraversò la sala mai inaugurata della stazione di Tranquillity, passo, *stock*, uscì dall'altra porta, passo, conquistò la breve distanza tra il marciapiede e la pedana della locomotiva, *stock*, e salì.

Il treno partì prima lentamente poi sempre più veloce, verso l'impossibile traguardo dell'ennesima puntualità, sfrecciò nella lontananza come un pachiderma inseguito da un topo, e sparì all'orizzonte lasciando la scia di fumo spargersi nell'aria e farsi sempre più larga e trasparente.

Quanto a Green Talbot, per la prima volta dopo anni si ritrovò completamente solo. Decise di incamminarsi per la strada di terra battuta e dirigersi verso Tranquillity. Se avevano costruito una stazione, allora sarebbe potuto tornare anche lui.

32

L'insegna era a terra e capovolta. La vernice bianca che la ricopriva era scrostata e il nome della piccola città si leggeva a malapena.

Green guardò l'acciottolato davanti a sé. Portava alle prime abitazioni. In alto sulla collina si scorgeva la sua vecchia casa.

Quando si trovò davanti alla chiesa del reverendo Barry pensò che non la ricordava così vecchia. Era come se fosse stata perforata dal passare dei decenni.

Lo stesso le strade, le altre case, il negozio di salumi di Hillary Mark. Era tutto chiuso. E vecchio.

Provò a mettersi in ascolto, ma come poco prima, quando era uscito dalla piccola stazione, non riusciva a sentire niente.

« Ehi » disse. « Sono tornato ».

Ascoltò la sua voce percorrere due o tre vie e fermarsi, assorbita dai muri di pietra.

Si mise a correre, con due gambe che sembravano quattro, superò la strada principale e prese la via per la collina. Arrivò davanti alla sua casa. Era crollata.

Le travi in legno del soffitto erano rovinate sul pavimento, i vetri delle finestre in pezzi.

Provò a entrare, ma non ci riuscì. Un groppo gli saliva dalla pancia alla gola, si allargava e gli faceva mancare il respiro.

Si fermò in mezzo al giardino, sulla tomba dei suoi genitori.

Una serie di *kreack* improvvisi si udirono, in quello stesso momento, dietro di lui. Venivano dal bosco. E si perdevano sempre più all'interno, fino a sparire.

Andò in quella direzione. Forse era rimasto qualcuno, pensò.

Appena dentro il bosco cercò con gli occhi, tra gli alberi, i cardellini. Ma non riuscì a scorgerne nemmeno uno. I rami erano quasi senza foglie, secchi, e la stessa erba che stava calpestando si era colorata di un giallo spento.

Camminò fino a che non raggiunse lo spiazzo buio dove molti anni prima aveva fatto il suo primo incontro con il cane Grof.

Non trovò che altri alberi morenti ed erba gialla. In alcuni punti c'era solo nuda terra. Si guardò intorno. Sentiva addosso un grande senso di abbandono.

Venne distratto da piccoli bagliori azzurri che luccicavano qua e là, tra l'erba. Ne raccolse uno. Era grande almeno un pollice. Sembrava un pezzo di vetro, ma ancora più liscio. Appena lo ruotava mandava accecanti riflessi. Green dovette socchiudere per qualche attimo gli occhi.

«Ti stai chiedendo cosa sia».

Una voce bassa e rauca davanti a lui, immersa nel buio.

«E perché non è rimasto più nessuno».

Green riaprì gli occhi. Cercò di intuire chi fosse la persona che gli stava parlando, ma riuscì solo a percepire una sagoma che si avvicinava dalla penombra.

Quando uscì completamente dall'oscurità poté guardarla bene in viso. Era una vecchia, con le mani giunte lasciate scivolare lungo il vestito bianco e celeste.

« Perché sei tornato, Green ».

Era sicuro di non avere mai visto prima quella donna.

« Questo è diventato un posto di morti. Se rimarrai ancora non riuscirai più ad andartene, e morirai anche tu ».

« Chi è lei? » chiese. « E cosa sta succedendo a Tranquillity? »

« Non lo so più chi sono io, Green. Sono solo una persona che sta morendo, insieme al bosco. Vedi quello che tieni in mano? » Green Talbot abbassò lo sguardo sul frammento azzurro che aveva tra le dita. « È un pezzo di cielo. Si sta staccando, un po' alla volta ».

« Il cielo non si stacca » disse Green.

« Succede qualche volta, per rimettere le cose a posto ».

Sopra la sua testa, in alto, vedeva grandi crepe scure che solcavano il cielo, e vistosi buchi, al di là dei quali c'era solo un indistinto amalgama nero.

« Il cielo. Cade ».

« Proprio così, Green ».

Dall'oscurità si fece avanti un'altra sagoma, che barcollava e respirava piena d'affanno. Green Talbot rimase lì, a guardarla entrare nella poca luce, e avvicinarsi a lui.

Si avvicinò zoppicando, fino a che non poggiò la testa sulla sua mano. Green si abbassò e l'abbracciò, stringendolo con tutta la sua forza.

« Grof » disse.

L'immenso cane Grof rimase lì, a farsi abbracciare.

Del mostro che terrorizzava Tranquillity non era rimasta traccia. Adesso era solo un animale enorme che si trascinava a fatica. Il suo pelo ispido e maculato era diventato quasi del tutto di un unico colore indefinito. Il cane più grande sulla faccia della Terra. Si ricordava di quando l'aveva lasciato, pochi anni prima, tra il sindaco Ray Wonder e il reverendo Barry, accanto alla piccola Kathy Almery.

Green guardò la vecchia davanti a lui. Chiuse gli occhi, a cercarne l'odore. Li riaprì.

«La piccola Kathy» disse.

«La piccola Kathy» confermò lei.

I suoi occhi erano pieni d'acqua. Acqua, che non se ne andava.

«Ti ho aspettato, Green. Ho aspettato ogni giorno, per otto anni, che tu tornassi. La gente di Tranquillity un po' alla volta si è dimenticata di te. La gente dimentica in fretta. Ma io non ti dimenticavo. Andavamo nel bosco e mi tenevi la mano. Quando sei partito ho continuato a tornarci. Ero l'unica, che lo faceva. Se prima la gente di qui aveva paura del bosco, poi se ne è semplicemente disinteressata. Erano occupati a rimanere uguali a loro stessi. A ripetere ogni giorno il giorno precedente. Sono stata molte volte al di là degli ultimi alberi. Il vento soffia sull'erba in modo così diverso. Soffia. Anche lui, da quelle parti, è libero. Quante volte ho pensato di andarmene. Mettermi a correre e andare via. Ma rimanevo. Perché un giorno tu saresti tornato e mi avresti trovata qui.

«Non sono nati altri bambini dopo di me. Era pieno di vecchi, a Tranquillity, e quando qualcuno moriva non c'era nessuno che arrivava. La città si stava spegnendo, come una fiaccola che ha finito di bruciare. Per questo il sindaco Ray Wonder prese la Decisione. Aprire Tranquillity al resto del mondo, diceva. Costruire una stazione. È successo così. Per troppi anni questa gente aveva trattenuto il tempo. E quando il mondo stava per entrare, anche tutto il tempo rubato ci entrò. Anni, in un solo istante. I vecchi morirono, e anche gli adulti morirono. I pochi ragazzi diventarono vecchi. Talmente vecchi che nel giro di pochi mesi morirono anche loro. Sono rimasta io, che ti aspettavo. Ero troppo piccola per morire, e ora sono troppo vecchia per non farlo, Green. Sei arrivato, e non ha più alcuna importanza».

33

Fu così che Green Talbot se ne andò da Tranquillity, e non fece mai più ritorno.

Se ne andò a piccoli passi, in modo che la vecchia Kathy Almery e il cane Grof potessero accompagnarlo. Il cielo sopra al bosco continuava a cadere, sembrava una lenta nevicata. E iniziò a staccarsi anche da sopra la sua vecchia casa, e giù per la discesa, e per le strade di Tranquillity.

Anche lui, da quando era lì, si sentiva più affaticato. Erano più pesanti le sue spalle, sciupati i suoi capelli. Ci passò la mano sopra. Ne sentì staccarsi due piccoli ciuffi, ai lati della fronte. Li tenne tra le dita rigirandoli. Erano scuri, ma ce n'era anche qualcuno di bianco. Con quelle stesse dita sfiorò la sua testa, e dove prima non c'era ora percepiva una leggera stempiatura.

Si girò verso Kathy Almery.

« Kathy ».

« È il tempo, Green. Sta entrando anche dentro di te » gli disse. « Non devi restare qua un solo minuto in più. Vattene. Corri, Green, e non voltarti indietro ».

Green Talbot restò fermo sulla luce emanata dagli occhi di Kathy. Per qualche istante riuscì a vedere la bambina bellissima che portava con lui nel bosco.

« Addio, piccola Kathy ».

Poi si girò e si mise a correre, con due gambe che

sembravano otto, a guardarlo pareva un fulmine, sotto al cielo che cadeva, come una nevicata, le crepe del cielo sopra la sua testa. Superò le case in mattoni e arrivò al sentiero per la stazione. Credeva che se si fosse voltato si sarebbe tramutato in pietra. Ma alla fine lo fece.

Voleva dare un ultimo saluto al posto in cui aveva trascorso i primi anni della sua vita. Il cielo si spaccava come fosse una zolla di terra. Si rovesciava sempre più forte sulla piccola città che nessuno conosceva, e nessuno, dopo di lui, avrebbe conosciuto.

Rimase lì pochi secondi, ma dentro di lui diventavano giorni. La terra iniziò a vibrare sempre più forte. I mattoni delle case avevano cominciato a sgretolarsi.

Si allontanò correndo, più che poteva, il tempo gli entrava, frantumava i ricordi, riduceva quello che aveva vissuto fino ad allora a una semplice somma di immagini.

Rallentò quando vide in lontananza i binari della ferrovia. Era piegato in due, con la mano sul petto che non teneva più i respiri. La testa pulsava, dappertutto. Si sentì mancare.

Il pulsare, poco alla volta, si fece più lieve, il respiro cominciò a tornare. Un rumore indistinto di vento, di pietre che cadevano a terra, dietro di lui.

Seguì i binari della ferrovia. Per più di mezza giornata, senza riuscire a raggiungere la stazione successiva. Andava, Green, con il cuore che pesava e la sua logora divisa da militare appiccicata al corpo.

Al tramonto si trovò a un bivio. I binari si dividevano in due file identiche.

Chiuse gli occhi, provò a sentire se da una delle due parti proveniva, in lontananza, qualche rumore, ma non sentì niente.

Si mise in bilico su uno dei binari, allargando le braccia. Ascoltò ancora.

«Bene» si disse. «Andrò nel mezzo».

Mentre camminava vedeva entrambe le file di binari allontanarsi, impercettibilmente, da lui.

Quando fu buio decise di coricarsi. Usò la giacca come cuscino e restò a guardare l'immensa notte stellata, che non aveva direzioni.

All'alba riprese la sua strada. Le due file di binari si erano allontanate tra loro così tanto da sembrare fili leggeri sospesi all'orizzonte. Il vento portava con sé un odore denso, di aria bruciata. Green non capiva da dove arrivasse. Cercò di concentrarsi, ma niente. Sul momento gli sembrò piuttosto strano. Poi furono i suoi occhi, a vedere. Sopra uno di quei fili una piccola macchia scura spargeva nell'aria volute di fumo grigio. Il sole si faceva più caldo a mano a mano che saliva.

Green Talbot si sbottonò la giacca e decise di andare a vedere. Se c'era del fumo, con tutta probabilità ci sarebbero state delle persone.

Allungava il passo, due gambe veloci. La macchia scura prendeva la forma di un treno. Si allungava. Non era come il piccolo convoglio su cui aveva viaggiato insieme al macchinista Stock. Era uno di quei treni di cui, a guardarli da vicino, si faticava a vedere la fine.

Intravide quasi subito un muoversi di vestiti e cappelli. Alcune voci arrivavano a tratti, si mescolavano e spezzavano e si fermavano addosso a lui.

Quando fu a poche decine di passi li scorse indaffarati intorno alla locomotiva.

Il macchinista era un uomo smilzo che parlava con quello che doveva essere il controllore, mettendosi di continuo le mani sulla faccia e poi poggiandole sulle gambe.

« Davanti. Mi è capitato davanti all'improvviso ».

« Non ci poteva fare niente, signore ». L'uomo che doveva essere il controllore cercava di rassicurarlo.

Accanto al treno un lenzuolo copriva il corpo di un ragazzo.

« Ero lì e me lo sono visto, con le mani nelle tasche, in mezzo ai binari. Si direbbe che volesse proprio finirci sotto ».

« Già » disse l'uomo che doveva essere il controllore.

Pochi passeggeri erano scesi e giravano attorno al lenzuolo. Si sentiva esclamare « Dio mio », « Era solo un ragazzo ».

Dai finestrini uscivano le teste degli altri passeggeri, le loro parole e i gridolini di giovani donne.

Green si avvicinò al lenzuolo.

« Cosa è successo? »

Si girò un uomo avanti nell'età. Portava un vestito rosso con scacchi neri sulle maniche e sui pantaloni. Tirava boccate da una pipa.

« La morte crea sempre meraviglia. E fa fermare i treni. Preoccupato per il ritardo? »

« Non credo di avere problemi con i ritardi ».

« Suppongo che lei non lavori, giovanotto ».

« Ero un soldato ».

« Ah » disse l'uomo. « Dunque per fortuna nostra adesso si ritrova disoccupato. E mi dica, da dove viene? »

« Vengo da... »

Nella sua testa vorticava un insieme di colori, immagini di alberi, erba, una chiesa, un negozio di salumi, una bambina, o forse era una vecchia, una strada in salita, il bottone della giacca che vibrava sulla pancia di un uomo, il cinguettio di cardellini, o forse erano voci, una casa.

«Oh, be'» disse l'uomo, «mi faccia sapere almeno il suo nome».

«Green Talbot, signore».

«Jimmy Del Vento». Prese la mano del giovane e gliela strinse. «Molto piacere».

Nel frattempo gli inservienti avevano caricato il corpo del ragazzo che aveva aspettato il treno sui binari, con le mani nelle tasche. Il macchinista era risalito e di lì a poco avrebbe rimesso in moto il treno.

«Venga» disse Jimmy Del Vento. «Prenda posto vicino a me. E così lei era un soldato».

«Sì».

«Ammazzava le persone».

«Correvo».

«Strano lavoro, per un soldato».

«Correre?»

«Correre».

«Io vado veloce. Evitavo le palle dei cannoni».

«E sparava?»

«Non ho fatto in tempo, a dire il vero».

«Lasci che glielo dica, signor Green Talbot. La mia lunga esperienza in fatto di persone mi porta a credere che lei non sia tagliato per fare il soldato».

«Mi ci sono trovato».

«Le servirà un nuovo lavoro quando arriveremo».

«Dove, arriveremo?»

«Giovanotto, mi sembra un po' tocco. Ci è salito per sbaglio, su questo treno? La fermata è una sola, per la gente di mondo. Questo è l'unico convoglio che raggiunge la splendida Londra. Certo, dopo la guerra farà un po' di fatica a riconoscerla. Atterrata, bucata e crollata. Ma un po' di sana pazienza inglese e ritornerà come nuova».

«Lei lavora a Londra?» chiese Green a Jimmy Del Vento.

«Oh, no. Io lavoro nell'aria!»

E dicendolo allargò le mani, come se stesse facendo un gioco di prestigio.

Green lo guardò senza capirci molto. Jimmy Del Vento sbottonò di un poco la giacca, infilò una mano nella tasca interna e tirò fuori un piccolo biglietto.

«Ecco, tenga».

Green rigirò il biglietto tra le mani. Era scritto solo da un lato.

Jimmy Del Vento. Costruisce, ripara e vende mongolfiere

Infilò il biglietto in una tasca e si rivolse di nuovo a Jimmy.

«Mongolfiere».

«Il migliore sul campo, giovanotto. Anche se quei rozzi marchingegni di acciaio mi faranno ben presto diventare l'unico di tutta l'Inghilterra».

«Gli aerei. Ho un amico che li guida. Sognava da sempre di fare l'aviatore».

«C'è chi ha il gusto per la velocità e chi per la lentezza. Ma i primi sono sempre di più, caro il mio Green. E per le mongolfiere sta venendo il tempo di scendere a terra».

Entrarono presto in confidenza. Green Talbot raccontò a Jimmy Del Vento di come era arrivato in America, e di come aveva rimesso in piedi le vetrine Lou

Saunders. Gli aveva raccontato dell'imbarco sulla Urano3 e della fine della guerra.

« E con tutte le cose che hai fatto non hai mai visto il mondo dall'alto? »

« Mai ».

« Allora questa è la mia promessa: prima che l'ultima mongolfiera scenda dal cielo, io ti porterò lassù ».

Green guardò fuori dal finestrino il cielo limpido che si allungava fino all'orizzonte.

Il treno diede un fischio e le ruote d'acciaio rallentarono, sempre di più, fino a che si fermò.

« Londra! » disse Jimmy Del Vento.

E si alzò facendo una piccola danza.

34

A Londra Green Talbot incontrò diverse volte Jimmy Del Vento. Il vecchio riparatore di mongolfiere lo aiutò a trovare un piccolo alloggio appena fuori dalle vie del centro. Lo portò con lui nei suoi incontri d'affari e gli fece conoscere molta gente.

Una di quelle persone aveva una ditta di costruzioni. Si chiamava Eddie Winter. Le costruzioni andavano forti in quel periodo, a Londra come nel resto d'Europa. Cercavano tutti di dimenticare gli anni della guerra e per riuscirci lavoravano sodo. Interi Stati pieni di gente che lavorava. Costruire un mondo nuovo, per molti di loro, significava cancellare quello vecchio.

Eddie Winter era un uomo con un grande senso degli affari. Riusciva a procurare commissioni e istruire a dovere i suoi operai per completare il lavoro al meglio e nel più breve tempo possibile.

Quando conobbe Green Talbot vide in lui un valido aiutante. Quel giovane, che non sembrava venire da nessun posto, aveva visto il mondo, non aveva legami e non era più un ragazzino. Eddie lo sapeva bene che i ragazzi hanno troppi grilli per la testa. L'avrebbe istruito a dovere sul lavoro e su come convincere i futuri clienti a rivolgersi alla Eddie Winter Costruzioni.

«Cos'hai da perdere a provarci?»

«Niente» gli rispose Green.

Iniziò ben presto a lavorare. Eddie Winter non gli lasciava un minuto libero, ma lo trattava con la premura che si usa con un figlio. In pochi mesi Green Talbot ebbe la responsabilità dei registri contabili della piccola ditta e usciva con una sua squadra. Nel giro di tre anni Eddie Winter raddoppiò il suo giro di affari.

Era così occupato e sempre di corsa che diventò un uomo, senza accorgersene. Si lasciò crescere i baffi secondo la moda dell'epoca e passava i venerdì sera a bere birra insieme a Eddie in un pub scalcinato poco distante da casa sua.

Ogni volta che uno dei due riusciva a ottenere una grossa commissione, avevano preso l'abitudine di andare per qualche ora alla casa di Marguerite De Coeur, una donna francese di rara eleganza che per lavoro offriva ai suoi clienti ore di rilassamento e assenza di pensieri.

Alla casa di Marguerite lavoravano tredici ragazze, che venivano da tutta l'Europa. Green, nelle prime settimane, scelse sempre Virginie, un'altra francese di grande fascino.

La prima volta che si coricò con lei gli tornò in mente Eveline. Si chiese se in quei mesi fosse cambiata, e se l'avrebbe mai più rivista. Ricordava il momento in cui si erano detti addio. Colori, se qualcuno gliel'avesse chiesto.

Chiese a Virginie se anche lei poteva farglieli vedere. Virginie si limitò a sorridere e gli tolse i pantaloni, come se levasse l'aria, e Green pensò che le donne francesi ci fossero nate, nell'aria.

Le labbra di Virginie avevano addosso migliaia di baci, eppure non la stessa densità di quelle di Eveline. Sentì salirgli alla testa un delicato senso di benessere, e cercò in quelle forme di piacere qualcuno dei suoi colori. Ma era come se tutto si svolgesse nella penombra. Macchie differenti di grigio si spandevano, in ogni suo pezzo di carne, e quando la giovanissima Virginie restò lì, ferma, ad aspettarlo vibrare in tre, quattro, cinque spinte, Green Talbot finì per ascoltare il suo corpo e lasciò perdere una volta per tutte il vecchio ricordo dei colori.

«Forse non esiste» disse quasi parlando tra sé.

«Cosa?»

«L'amore» rispose Green, ricordando le parole di Eveline.

«Ne parlano in molti».

«Già».

Virginie non aggiunse altro.

«Be'» fece lui pensando ad alta voce, «se si nasconde da qualche parte, allora lo troverò».

Si avvicinò a Virginie, sfiorandole una guancia con il dorso della mano. Il suo sguardo era distante.

Fece una doccia e si pettinò i capelli all'indietro. Piccoli ciuffi di bianco si intravedevano qua e là. Si lisciò i baffi e sistemò il vestito. Infilò al polso l'orologio in acciaio che gli aveva regalato Eddie e prese il cappello dalla cappelliera.

Dalla penombra della stanza, ancora stesa sul letto, Virginie gli disse: «Torna a trovarmi, signor Talbot».

Green si infilò il cappello senza darle risposta. Era molto tardi, e il giorno dopo lo aspettava una giornata di duro lavoro.

LEI

35

La domestica spalancò la finestra della grande stanza alle sei e quarantacinque, come tutte le mattine negli ultimi quattro anni. Lui scostò le coperte del suo letto a baldacchino e le chiese se fosse pronta la colazione.

«È pronta, signore».

Raccolse un po' d'acqua dal catino e si lavò la faccia. Indossò gli abiti disposti la sera prima sulla gruccia e le scarpe nuove appena lucidate. Prima di scendere si mise davanti allo specchio per darsi un'ultima sistemata. Le prime rughe erano apparse attorno agli occhi. Aveva trentun anni, ma ne dimostrava di più. Percorse i bordi degli occhi con entrambe le dita. Poi scese nell'ampio salone.

Dal giardino si sentivano arrivare i cinguettii dei piccoli uccelli che vivevano sugli alberi. Beveva il tè andando con lo sguardo oltre il muro, concentrato su quei suoni.

Fece un cenno con il capo alla sua domestica.

«Cantano» disse lei.

«La sentono loro molto più di noi, la primavera».

«Chi l'avrebbe detto...»

«Cosa?»

«Solo cinque anni fa questa casa era diroccata e lei in pochi mesi l'ha fatta diventare una vera villa. E tutti quegli alberi là fuori!»

«Quando ero piccolo sognavo di diventare un guardiano dei boschi. Non mi fido di chi fa troppo affidamento sui sogni, lei lo sa bene. Ma quando passeggiavo su quel prato mi sembrava mancasse qualcosa». Lasciò galleggiare nell'aria la sua ultima frase. Bevve un altro sorso di tè. «Poi mi sono detto, al diavolo, sognare ogni tanto non fa poi male. Lei ha dei sogni, signora Liddle?»

«Con tutto quello che c'è da fare...»

«Già, il tempo non basta. E se non mi sbrigo farò tardi al lavoro. Ah» disse, «a pranzo prepari per due. Ho invitato un cliente importante».

«Le farò trovare pronto a mezzogiorno, come sempre».

«Signora Liddle?»

«Dica».

«Quel cinguettio là fuori». Indicò con un piccolo cenno della mano l'immenso giardino oltre il muro della villa. «Mi suona familiare».

«Sono cardellini. Le sarà capitato di sentirli migliaia di volte!»

«Cardellini» disse tra sé Green Talbot.

Dopo la colazione uscì di casa a piedi, come ogni mattina, e attraversò il grande prato. Tirò fuori dal taschino l'orologio e guardò l'ora. Era in anticipo. Passeggiò tra i suoi alberi e rimase ad ascoltare quei suoni tra i rami.

'Sembrano voci' pensò.

Non era più il ragazzo magro che aveva attraversato l'oceano, né il soldato che aveva corso sul suolo della Normandia per liberare l'Europa dalla guerra. Aveva messo su più di qualche chilo e aveva imparato l'agio che deriva dalla responsabilità. Non usciva più con la sua squadra. Ne aveva cinque sotto di sé, ora, e organizzava il lavoro degli operai dal suo ufficio. Eddie Winter era spesso assente. Gli lasciava prendere le decisioni mentre lui passava le giornate da Marguerite De Coeur.

Si può dire che l'amasse. Eddie Winter fu l'unico uomo di Marguerite, in quegli anni. Più volte le aveva chiesto di sposarlo. E più volte lei aveva rifiutato.

«Edì, Edì» lo ammoniva, «alla tua reputazione non ci pensi? Marguerite è una donna che vive nel malaffare. Non è fatta per il matrimonio».

«Ma tu non fai più da anni il lavoro delle tue ragazze» disse il povero Eddie.

«Io sarò sempre una di loro».

Non lo diceva con vergogna. Ne era fiera, Marguerite. Il mondo era pieno di persone che non avevano niente da dare agli altri. Lei, invece, vendeva qualche ora di pace.

Al contrario di Eddie, Green Talbot aveva conosciuto decine di donne. Le amava come se fossero l'unica donna che avesse mai avuto. Non stava mai con loro una sola volta. Aveva bisogno di vederle ancora, toccarle. Aveva la necessità di ascoltare le storie che avevano da raccontare. Cercava di capire se nei loro gesti si nascondesse qualcosa di simile, in qualche modo, all'amore.

Per questo le ragazze di Marguerite De Coeur, quando lo vedevano arrivare, facevano a gara per attirare la sua attenzione.

Ma nessuna di loro era riuscita a trattenerlo per più di qualche settimana.

Un giorno Marguerite De Coeur gli disse: «Signor Talbot, un uomo come lei potrebbe avere qualunque donna. È benestante e indossa i vestiti con eleganza...»

«Arriverà» ribatte lui, convinto.

«Me lo lasci dire, non si accorgerebbe che è quella giusta nemmeno se la vedesse scendere dal cielo».

Pensò che Marguerite non aveva tutti i torti. Ma forse non era ancora giunto il momento di pensare a una famiglia. Le sue giornate erano piene di contrattazioni, vendite, acquisti di terreni, riunioni con i clienti.

Quella mattina arrivò davanti al suo ufficio sette minuti prima dell'apertura. Lungo la strada aveva acquistato il giornale e avrebbe avuto un po' di tempo per scorrere i titoli.

Nella prima pagina c'erano tre grandi articoli. Fu il primo titolo ad attirare la sua attenzione.

IL GRANDE FINANZIERE PETRONIUS OIL ALL'INCONTRO DEI COSTRUTTORI.

Petronius Oil era uno degli uomini più ricchi d'Europa, un italiano che aveva fatto fortuna con le raffinerie. Non era quello il suo vero nome, ma gli piaceva fare le cose in grande.

La natura non era stata clemente, con lui. Era un uomo basso e tozzo, e con pochi capelli sulla testa liscia.

Quando ebbe abbastanza denaro e potere da influenzare governi e banche, e molti diventarono suoi ammiratori, decise di darsi un nuovo nome.

«Del resto se ti cambia tutta la vita che hai attorno deve necessariamente cambiare anche il nome che porti!»

Con questa frase, diventata poi celebre, si congedava dalle sue conferenze.

I commercianti del vecchio continente affollavano gli incontri. Volevano scoprire il suo segreto. Era diventato il simbolo degli anni della ricostruzione, inseguito e ammirato.

Per questo Green Talbot lesse subito e avidamente quell'articolo. Non sarebbe mancato per niente al mondo all'incontro annuale dei costruttori britannici. Si sarebbe svolto di lì a tre giorni.

36

Si presentò con largo anticipo. Prese un taxi e passò sotto casa di Eddie Winter. Andarono insieme.

L'incontro si teneva nella villa di un famoso magnate della finanza, Patrick Stand. Un uomo che tutti conoscevano e di cui tutti sapevano molto poco.

Eddie e Green si fecero accompagnare fino all'ingresso della villa. Il taxi percorse la stradina in ghiaia che costeggiava un immenso giardino lussureggiante. Al confronto quello di Green Talbot sembrava un piccolo orticello. Salirono la grande scalinata dove li aspettavano due signori in smoking che controllavano gli inviti e si occupavano di accompagnare gli ospiti.

Green Talbot si guardò intorno. Le colonne che sorreggevano il porticato erano intarsiate di motivi floreali che venivano richiamati lungo i muri e sui due balconi che davano sulla scalinata.

In uno di questi vide uomini e donne che conversavano fumando e tenendo in mano calici di vino. Solo una donna era poggiata alla balaustra e guardava, verso l'orizzonte. Aveva il viso più delicato che avesse mai visto. I capelli erano lunghi fino alle spalle. Teneva le mani incrociate, in avanti, sospese nell'aria.

Fu quella la prima volta in cui Green Talbot sentì entrargli nel profondo delle viscere una sensazione che non conosceva. Era come un pugno che premeva, sempre più forte, fino a diventare una miriade di spilli, che si conficcarono lungo tutto il corpo, in un solo momento.

«Green, sbrigati!» lo chiamò Eddie Winter. «Vuoi rimanere tutto il giorno imbambolato a guardare il cielo?»

Di colpo Green Talbot si ricordò del motivo per cui era lì. Raggiunse Eddie in cima alla scalinata e mostrò a uno dei due signori in smoking il suo invito. Non si accorse che per qualche momento anche la ragazza venne distratta dai suoi pensieri, e guardò quell'uomo dagli occhi verdi frugarsi nelle tasche e tirare fuori l'invito. Aveva dei modi strani, le ricordavano quelli dei bambini. Quando lo vide scomparire dentro la villa ritornò a fissare l'orizzonte, davanti a sé.

Al convegno c'erano quasi mille persone. All'ora esatta segnata sull'invito entrò da una porta in fondo alla sala il famoso Petronius Oil. Salì su un piccolo palco allestito per l'occasione e iniziò a parlare con un forte accento italiano.

«Signori» disse. «Ringrazio il mio caro amico Patrick Stand per avermi invitato e tutti voi per essere venuti».

Dal centro della sala si sentì «Bravo, Oil!» e un lungo applauso che raccolse tutte le mani dei presenti.

«L'Europa è ormai definitivamente uscita dall'incubo della guerra. Proprio qualche anno prima che scoppiasse è iniziata la storia delle Industrie Oil. Molti di voi sanno che fino a dieci anni fa ero un semplice rigattiere. Andavo di casa in casa con un piccolo carretto e raccoglievo le cose che non servivano a nessuno».

Green Talbot era rapito dal parlare grezzo ma incisivo di quell'uomo.

«Poi, un giorno, ero sul mio terreno e stavo scavando per costruire un piccolo pozzo. C'era chi scommetteva ci fosse acqua a perdere sotto quelle terre. Ma di acqua non ne trovai, come sapete.

« Ricordo che quando vidi salire una macchia nera e oleosa mi venne un colpo. E fu così che immersi i piedi nella mia fortuna ».

La gente in sala mormorava: « Il petrolio! Il petrolio! »

« Il petrolio, già. E non chiedetemi come diavolo mai fosse possibile. E comunque il giacimento non durò che qualche anno. Ma io, Petronius Oil, in quella scoperta vidi il futuro ». Fece una pausa. « La benzina! »

Uno scroscio di applausi sembrò tirare giù l'intera stanza.

Raccontò di come era riuscito, durante la guerra, a mettere in piedi la sua prima raffineria, e come ne aveva aperte ben presto altre. Di benzina si muoveva il mondo, e di benzina sarebbe andato avanti.

Nonostante tutto aveva deciso di tenere il quartier generale nel suo piccolo paese. Petronius Oil era un nostalgico, e si sentiva veramente a casa solo a Vallina, dove era nato.

Raccontò che a Vallina i due fiumi più grandi dell'Italia si avvicinavano, quasi a toccarsi, per poi finire nel mare. A lui piaceva così, vivere vicino a un fiume e sentire l'odore del mare che arrivava da lontano.

Subito dopo la guerra aveva spostato i suoi affari a nord ed era arrivato fino in Inghilterra. Spiegava come aveva reinvestito i proventi delle raffinerie in decine di altre attività, e come tutto continuasse ad andare a gonfie vele.

Fu dopo una ventina di minuti che Green Talbot smise di ascoltare.

La ragazza del balcone era seduta in prima fila. Portava un lungo vestito. Non sembrava attenta alla conferenza. Aveva la testa rivolta in alto, al soffitto, salvo poi girarsi ogni tanto e rimanere ferma sui quadri appesi alle pareti.

Restò a guardarla, e pensò che tutto questo gli bastava. Avrebbe voluto sentirne l'odore. Ascoltò i suoi muscoli muoversi, piccole contrazioni, riuscì a distinguere il fluire del suo respiro. Un po' alla volta iniziò a percepire lo scricchiolio delle ginocchia del suo vicino, che muoveva le gambe di tanto in tanto per sgranchirsele, lo strofinare della mano nella tasca dei pantaloni di un signore in un'altra fila, che tirò fuori un fazzoletto bianco e si soffiò il naso.

Le sue sensazioni si allargarono alle file più avanti, arrivarono fino alla prima, a quei capelli, lunghi fino alle spalle. Li sentì muoversi nell'aria. E sentì la pelle del suo collo, che non faceva rumore.

La ragazza si girò di scatto come se fosse stata toccata da qualcosa. Rimase per qualche momento sugli occhi, verdi, di quel giovane che aveva visto dal balcone. Era come se la volessero spogliare. Poi si convinse che era stata solo una sua sensazione, e si rigirò.

« Devo conoscerla » bisbigliò Green a Eddie Winter.

Lui non lo ascoltò, preso com'era dal carpire i segreti di Petronius Oil.

« Eddie, devo conoscerla! »

Eddie si girò, infastidito.

« Cosa c'è, Green ».

« La ragazza in prima fila ».

Indicò con un cenno del dito.

« Green, non farti strane idee. Quella non è roba per te ».

«Credo invece che lo sia».

«Quella è la figlia di Petronius Oil!» disse Eddie. «Se la porta in giro ovunque vada. Ha scoraggiato fiumi di pretendenti».

«Io non mi scoraggerò».

«Le pallottole, Green. Le pallottole scoraggiano tutti».

Eddie gli raccontò delle voci che giravano sui pretendenti della figlia di Petronius Oil. Nessun corteggiatore durava più di una settimana. Chi ci aveva provato era sparito nel nulla.

«Sono italiani, Green. Gente che va a colazione con la pistola!»

Green pensò che anche lui era mezzo italiano, e questo gli avrebbe dato qualche possibilità in più. Aveva sentito parlare delle stramberie di quella gente. Dicevano che fossero addirittura più strambi dei francesi.

Alla fine della conferenza non riuscì a raggiungere la figlia di Petronius Oil e fu costretto a seguire Eddie verso l'uscita. La maggior parte dei presenti si avvicinò a lui e prese a stringergli la mano e a fare complimenti, quasi se toccare quell'uomo potesse regalare un po' di fiuto per gli affari.

Dopo qualche minuto tutta quella ritualità gli venne a noia e afferrò il braccio di sua figlia, che gli era vicina, e con un abile gesto di disimpegno salutò tutti con una sicura alzata di mano, e scomparve dalla stessa porta che lo aveva visto entrare.

37

La mattina dopo Green Talbot rientrò in ufficio dopo aver visitato alcuni cantieri. La segretaria gli passò una lista delle persone che lo avevano cercato.

Green la prese in mano, distrattamente.

Stanley Corgan, ore 9. Telefonata
Rufus Clerk, ore 9 e 12. Telefonata
Benjamin McDry, ore 9 e 17. Telefonata
Javier Stank, ore 9 e 23. Passato in ufficio. Torna alle 16
Loraine Vanadieu, ore 9 e 28. Telefonata per conto del marito
George Leichester, ore 9 e 41. Passato in ufficio. Richiama
Patrick Roth, ore 9 e 42. Telefonata
Jimmy Del Vento, ore 9 e 46. Passato in ufficio. Cacciato

La lista era ancora lunga, ma Green smise di leggere.

«Jimmy Del Vento» disse.

«Voleva parlare con lei a tutti i costi, senza darmi una spiegazione. Gli ho detto che doveva ripassare, ma è rimasto qui ad aspettarla per più di un'ora. Non c'era verso».

«E adesso dov'è?»

«Gli ho detto che non poteva rimanere tutta la mattina e l'ho accompagnato all'uscita. Si figuri, non voleva andarsene».

«Ma» chiese Green, «che male faceva un povero vecchio su una sedia?»

«Ho seguito le direttive, signor Talbot. La numero quattro: 'Chiunque intralci il lavoro deve essere allontanato dall'ufficio'».

Green Talbot tradiva una visibile impazienza.

«Signorina Crumble, chi avrebbe stabilito queste direttive?»

«Lei» rispose la donna.

Non si ricordava di aver mai detto una cosa simile, ma non era nemmeno sicuro del contrario. Aveva talmente tanti pensieri, appuntamenti, faccende da organizzare che aveva assunto la signorina Crumble proprio per mettere un po' d'ordine nei suoi affari. Non di rado si dimenticava cose che aveva fatto o aveva detto, ma la signorina Crumble era perfetta anche in questo. Aveva una memoria eccezionale.

«Mi ha lasciato il suo indirizzo. Ha detto qualcosa su una mongolfiera e sul fatto che sarebbe rimasto a Londra non più di una settimana».

«È per merito suo che faccio questo lavoro» spiegò Green, ma lei sembrò non ascoltarlo.

«Alloggia in Oblivio Street, al numero 61. In una pensione di nome Old Circle. Può raggiungerlo, se le fa piacere».

Green Talbot prese in mano il biglietto con l'indirizzo e salutò la signorina Crumble. Uscì nell'assolata luce di quel mattino londinese e prese un taxi per Oblivio Street.

L'Old Circle era una vecchia pensione fatiscente, con i muri scrostati in pietra e vecchi balconi ammuffiti.

Alla reception trovò un uomo intento a leggere un giornale sportivo. Quando sentì la porta aprirsi lo abbassò leggermente e guardò verso l'entrata.

« In cosa posso servirla? »

« Cerco una persona ».

Gli disse il nome.

L'uomo della reception scartabellò tra le pagine di un grosso registro in pelle nera.

« Alloggia da noi ». Alzò la cornetta del telefono e fece il numero della stanza. Mentre squillava chiese: « Lei è il signor? »

« Talbot ».

Parlò brevemente, poi mise giù la cornetta.

« Scende tra dieci minuti. Dice che la stava aspettando, da quasi cinque anni ».

38

Si accomodarono in un caffè, dove ordinarono da bere. Jimmy Del Vento ormai camminava senza nascondere una certa fatica. Green Talbot non avrebbe saputo dire quanti anni avesse, ma erano molti.

La cameriera portò al tavolo due tazze fumanti, e prima di andarsene posò ammirata lo sguardo sull'orologio di Green, per poi andare a prendere le ordinazioni a un altro tavolo.

« Non ti ho mai ringraziato per tutto quello che hai fatto » disse Green a Jimmy Del Vento.

Jimmy prima di parlare si accese la pipa in legno scuro, con un gesto lento che doveva aver ripetuto centinaia di volte.

« Credevo non saresti più arrivato, e non avevo tutti i torti. Se avessi saputo dove ti avrebbe portato questo lavoro non ti avrei mai presentato Eddie Winter. Viviamo in anni bui, Green, ed è un attimo perdere la luce ».

« Ma io sto benissimo con Eddie. Amo il mio lavoro, e non ho mai avuto tanto denaro in vita mia ».

« Appunto ».

Green Talbot non riusciva a capire a cosa alludesse, ma lo attribuì al fatto che Jimmy era molto vecchio, e non di rado i vecchi vaneggiano. Era comunque felice di essere lì con lui. Cinque anni prima si era perduto in mezzo al nulla e se non si fosse imbattuto in quel treno, e con lui in Jimmy, con tutta probabilità sarebbe stato ancora un ex soldato senza lavoro.

« Eri stanco, ma avevi la luce negli occhi, me lo ricordo bene. Mi hai parlato per tutto il viaggio della tua interessante vita ».

Green si chiese cosa ci fosse stato poi di tanto interessante, nella sua vita. Dopo la morte dei suoi genitori era andato in America, a cercare fortuna. Si era imbarcato su una nave e aveva raggiunto New York, dove aveva lavorato come commesso in un negozio di ceramiche. Se non fosse stato per la guerra, forse sarebbe ancora là.

« Su quel treno ti feci una promessa, ricordi? Ti avrei portato in aria prima che l'ultima mongolfiera fosse sparita dalla faccia della Terra. Vedi, non so ancora per quanto rimarranno in aria, queste meraviglie. Ma c'è un'ultima mongolfiera per me. Finirò di ripararla la prossima settimana. Ormai ho troppi anni sulle spalle, ed è venuto il tempo di lasciare il lavoro ad altri ».

Gli occhi di Jimmy Del Vento tradivano una certa melanconia. Green li vide diventare sempre più lucidi. E vide quel lucido sparire appena Jimmy si mise a sbattere le palpebre ripetutamente, quasi non volesse darlo a vedere.

Pensava che gli doveva un giro sulla sua ultima mongolfiera, se non altro per tutto quello che Jimmy aveva fatto per lui. Sarebbe stato anche un ottimo diversivo alle sue giornate piene di lavoro, che da più di quattro anni si inseguivano uguali a ritmi forsennati.

Jimmy stava per dirgli qualcos'altro, ma l'attenzione di Green fu attirata dalla prima pagina di un quotidiano, posato sul tavolo accanto. Allungò una mano e lo prese. Lesse il titolo in grande:

SUCCESSO PER LA CONFERENZA DI PETRONIUS OIL.

Una foto con didascalia ritraeva Petronius con la figlia.

Il grande magnate dell'industria Petronius Oil con la figlia Eleonora.

« Si chiama Eleonora ».

« Di chi parli? » chiese Jimmy corrugando la fronte.

« Lei » disse Green mostrandogli la foto sul giornale. « L'ho vista ieri, a quella conferenza ».

Jimmy Del Vento prese il giornale e scorse le prime righe dell'articolo.

« L'avrò, Jimmy ».

Dopo qualche secondo fece capolino dai fogli.

« Credo che non l'avrai. Scrivono che è ripartita per l'Italia oggi ».

Green Talbot sentì salirgli addosso le stesse sensazioni di quando l'aveva vista su quel balcone, ma ora percepiva nettamente anche un senso d'amaro e di perduto.

L'Italia, era così lontana.

Poi guardò la fronte di Jimmy Del Vento. Con una mano gli abbassò il giornale fino a scoprire tutto il viso.

« Jimmy, quanto può andare lontano una mongolfiera? »

« Più di quanto immagini ».

« È questo che volevo sentire » disse infine Green, con gli occhi che gli brillavano come non succedeva da molto tempo.

39

Eddie Winter ci provava con tutte le sue forze e proprio non riusciva a capire. Perché lasciare il lavoro e intraprendere un viaggio di quel genere? Ma poi gli venne in mente Marguerite. Anche lui sarebbe partito, se lei fosse stata lontana.

Cercò di aiutare Green procurandogli qualche informazione sul signor Oil.

« Che tipo di informazioni? » gli aveva chiesto Eddie.

« Qualsiasi cosa possa tornarmi utile ».

Eddie Winter aveva fatto diverse telefonate. Aveva molti contatti in quel mondo. E grazie a loro ottenne altri numeri di telefono e fece altre telefonate.

« È un uomo strano, Petronius Oil » gli disse dopo qualche giorno. « Sembra che gli piaccia vivere in un mondo tutto suo. Sua moglie l'ha abbandonato per un panettiere prima della guerra. Si dice fosse esasperata da certe sue manie, sopra a tutte quella del circo. Pare che nei suoi anni da rigattiere avesse provato più volte a fuggire con la gente del circo, quando passava di là. E quando raccontò di avere trovato il petrolio scavando il terreno di casa, sua moglie pensò che si fosse ammattito del tutto, e se ne andò. E questa forse è stata l'unica sconfitta della sua vita. Per quanto riguarda il resto più o meno è alle orecchie di tutti. Ha fatto fortuna con le raffinerie, e abita nello stesso posto da sempre.

C'è chi dice sia affezionato alla sua terra e chi lo dipinge come un uomo superstizioso. Non ha mai fatto mistero della sua speranza che le cose rimangano sempre come sono. Non sopporta i cambiamenti, insomma. Dopo che sua moglie l'ha lasciato si dice che vada sempre in giro con la sua unica figlia e che non abbia alcuna intenzione di darla in sposa a nessuno. Vedi» continuò, «ci sono folle di spasimanti che hanno chiesto la sua mano e lui li ha fatti rinunciare. Tutti. Due di loro, come ti ho già accennato, sembra siano spariti nel nulla. E non due qualsiasi, Green. Erano proprio i più tenaci. E dicono anche che a quella ragazza, degli uomini, non interessi poi molto. È una strana, più strana di suo padre. Se vuoi un consiglio» concluse Eddie, «lascerei perdere questa storia. Non ci vedo niente di buono».

Green Talbot rimuginò su quello che gli aveva appena detto a proposito del signor Oil.

«Non sei riuscito a sapere nient'altro, Eddie?»

«In ogni suo viaggio chiede sempre di assistere a uno spettacolo del circo, se è nei paraggi».

«Altro?» chiese ancora Green mentre continuava a mandare a memoria ogni parola.

«Credo sia tutto... Ma sei davvero convinto ti possano essere d'aiuto queste informazioni?»

«Di grande aiuto» rispose Green.

Gli rivolse un saluto veloce e Eddie lo vide uscire dall'ufficio canticchiando tra sé, senza sapere dove stesse andando. Da una settimana ormai sembrava disinteressato al lavoro e a Eddie toccava faticare il doppio. Ma era convinto che quella fissa per Petronius Oil e per sua figlia gli sarebbe presto passata.

Green raggiunse Jimmy Del Vento nel magazzino dove stava riparando il pallone della sua ultima mongolfiera. Era fatto di colori sgargianti che rapivano lo sguardo.

«Ehi» disse Jimmy vedendolo arrivare. «Manca poco ormai. Ho fatto un po' di calcoli. Per avere il vento giusto dobbiamo ritardare la nostra partenza di una settimana».

A Green sembrò che una settimana non fosse poi molto, e che poteva aspettare.

«Ho la sensazione che ne vedremo delle belle» gli disse infine Jimmy. «Sai, ho sempre sperato che il mio ultimo viaggio fosse un lungo viaggio». Fece una pausa, poi con il dito indicò la bocca di Green. «Lasciatelo dire, senza baffi stai decisamente meglio».

«Li ho tagliati» disse Green passando due dita tra il naso e le labbra.

Mentre parlava con Jimmy gli sembrò di percepire, attorno a lui, la stessa oscura presenza di anni prima durante la traversata dell'oceano, verso la spiaggia Omaha, e in certi giorni dell'inverno in cui si era fermato alla locanda di Palomar Almirante, dopo la guerra.

«Ehi» lo richiamò all'attenzione Jimmy. «Passami quello». Indicò un tirante arrotolato che stava sopra un grande tavolo da lavoro.

«Ho avuto quelle informazioni su Petronius Oil!»

«Cos'hai scoperto?» chiese Jimmy tenendo una specie di saldatore in mano e una corda tra i denti che gli faceva storpiare le parole.

«È superstizioso e adora il circo».

«Insomma, non è poi molto».

«Ce lo faremo bastare!» disse Green continuando a guardare il pallone sgonfio dai cento colori.

Era pieno di entusiasmo, in quei giorni. Da quando aveva lasciato il lavoro nelle mani di Eddie Winter aveva avuto più tempo per ripensare alla sua vita, a tutto quello che aveva fatto prima di diventare un soldato e finire a Londra. Gli tornarono in mente i pomeriggi nel bosco, assieme a suo padre.

La primavera intanto si faceva avanti, gli alberi si riempivano di foglie, verdi, e l'aria diventava di giorno in giorno sempre più calda.

Jimmy Del Vento lavorava di gran lena, come se avesse avuto vent'anni.

« Vengo da un posto chiamato Tranquillity » gli disse a un certo punto Green, quasi a rispondere alla domanda che Jimmy gli aveva fatto cinque anni prima. « Me lo avevi chiesto su quel treno ».

Jimmy Del Vento sorrise, come se sapesse di che cosa parlava.

« È come se di quel posto mi rimanessero in testa solo immagini sfocate ».

« Parleremo di questo il giorno della partenza. Ho ancora molto da fare qui ».

Ritornò a lavorare alla sua mongolfiera, facendo un ultimo cenno col capo a Green, che si lasciò investire dal crepuscolo di quella giornata e dagli odori speziati che rigavano l'aria.

40

Il giorno fissato per la partenza era mercoledì. Soffiava un vento leggero, verso sud. La sera prima Green salutò Eddie Winter. Con una stretta di mano, forte, come usano salutarsi gli uomini. I due si guardarono, senza dirsi nessuna delle cose che avrebbero voluto.

«Spero troverai la tua strada».

«È sempre stata lì, Eddie».

«Qui ci sarà sempre posto. Lo sai, vero?»

Green Talbot abbozzò un sorriso, per dire che lo sapeva.

«Marguerite. La sposerai?» gli chiese infine, prima di chiudere la porta dell'ufficio e tornare per l'ultima volta nella sua casa di Londra.

«È come se l'avessi già fatto».

Quella notte non riuscì a chiudere occhio. Sentiva i rumori che provenivano dall'esterno entrare dalle fessure della finestra e mescolarsi al silenzio della stanza.

Si alzò all'alba. Non aveva preparato i bagagli per il viaggio. Solo una piccola sacca con pochi vestiti.

Jimmy Del Vento lo aspettava sullo spiazzo di fronte al capannone. La mongolfiera era lì. Il pallone dai cento colori si stava riempiendo di gas.

«È ora di partire» gli disse Jimmy. I suoi occhi tradivano un'impazienza da ragazzino.

Salirono sul piccolo cesto e si accomodarono. Jimmy

buttò a terra i sacchi di sabbia che la tenevano ferma e la mongolfiera cominciò ad allontanarsi dal suolo.

Il viso di Green era rivolto all'orizzonte, al di là della città.

« Com'è il mondo, da queste parti? » gli chiese Jimmy quando furono alti sulle case.

« Piccolo ».

La mongolfiera si lasciò Londra alle spalle, e dopo due giorni i due stavano già sorvolando la Francia.

« Andrò a visitarla con lei » disse Green, ma appena ebbe parlato si guardò intorno.

Ancora quella presenza oscura. Eppure c'era solo il vento che soffiava.

'Devo essermi sbagliato' pensò.

Ma quando rivolse lo sguardo di nuovo a Jimmy Del Vento vide all'altezza della sua spalla, in lontananza, un puntino nero che si dirigeva verso di loro.

Jimmy si voltò, con la lentezza di un vecchio riparatore di mongolfiere, e guardò nella stessa direzione di Green.

« Hehehe » ridacchiò. « Credo sia il momento di fare le presentazioni ».

Si portò due dita alla bocca inspirando quanta più aria gli era possibile e lanciò un lungo fischio.

« Fituuuu-freeeek ».

Il puntino nero aumentò di velocità, fino a diventare una figura scura, e infine un brutto animale dalle piume nere che sbatteva sgraziatamente le ali. Fece alcune piroette nell'aria e si posò sul bordo del cestello. Green Talbot lo guardò cercare con le piccole zampe una posizione di assestamento.

Il brutto animale dalle piume nere si rivolse a Green.

« Cre-aak ».

«Dice che è un piacere fare la tua conoscenza».

Green Talbot guardò stupito Jimmy Del Vento.

«Riesci a capire quello che dice?»

«Basta solo un po' d'esercizio, in fondo».

«Greee-enk Tu-albuook» disse il brutto animale dalle piume nere.

Si sforzò quanto più poteva, ma lo stesso sentiva solo un gracchiare indefinito.

«Greee-enk Tu-albuook. Nueek useek cervleek. Craak».

«Dice che non devi usare il cervello per capire le sue parole!»

Green guardò il brutto animale dalle piume nere. Inclinò il capo.

Dentro di lui cominciava a dipanarsi, tra la nebbia dei ricordi, quella che era stata fino ad allora la sua vita. Un piccolo paese dove tutto sembrava fermo. Suo padre che gli spiegava il bosco. Occhi gialli che lo fissavano, dove gli alberi si facevano fitti. La piccola Kathy Almery, bella come una speranza. Il fornaio e il sindaco Ray Wonder. Sua madre quando smise di parlare. I cardellini. Jerry Spears, il gabbiano Banjeseiro, il capitano Marlow, la mai dimenticata Eveline. Non erano più figure sullo sfondo.

«Tu muolto silenzioso, muolto» disse il brutto animale dalle piume nere.

Green si distolse dai suoi pensieri e fu di nuovo padrone di sé. Capiva quello che gli stava dicendo.

«Ti presento ufficialmente il mio caro amico, corvo Craak» disse Jimmy allargando una mano verso l'animale.

«Craak» disse Green.

Il corvo assentì con piccoli movimenti del capo.

«Io seguito te da quando tu uommo sperduto di pensieri su nave grande enuorme, poi su spiagia gueraiola e da tuo amico locandaio. Tu sembrava sperduto, io seguito. Conosciuto Jimmy dopo arrivo a grande stuazione di Londra».

Green stava per chiedergli come mai, tra tutte le persone sperdute di questo mondo, avesse dovuto seguire proprio lui, ma il corvo Craak lo anticipò.

«Fatto pruomessa a mio amico e maestro, craak».

«Maestro?»

«Lui grande, più grande di tuti, grande acruobatico e saggiuo maestro. Lui insegnato Craak che c'è vita grande se guardi oltre vita picola di cuorvo. Lui puorta insegnamento a tuti ucelli che vuole insegnamento, craak. Lui dice tu grande amico suo di lui».

A Green si illuminarono gli occhi.

«Banjeseiro!»

«Lui chiama così, sì».

Green Talbot sentì un brivido percorrergli la schiena e le mani.

«Come l'hai conosciuto? Dov'è? Come sta?» chiese con impazienza.

«Lui vive in Puortogalo. Insegna noi ucceli cose del muondo. Lui viagiato tanto. Conosciuto puosti che nesuno conosciuto prima».

In Portogallo.

Green provò per Banjeseiro un sentimento di delicato affetto e malinconia. Forse il suo vecchio amico lo era davvero diventato, l'uccello più grande di tutti gli uccelli.

41

Arrivarono in Italia dopo molti giorni di viaggio, quando la scorta di provviste si stava esaurendo e la stanchezza si faceva sempre più pesante.

Parlarono molto, e di tutto. Jimmy Del Vento si sentiva sereno. Il suo ultimo viaggio era come se l'era sempre immaginato, con qualche amico, e soprattutto: lungo. Green ascoltava le storie del corvo Craak e del suo incontro con Banjeseiro.

«Craak cuorvo come tuti i cuorvi. Stava a vivere su albero di giardini publici a Vladivostok. Vita noiosa in parco. Un giorno vuoci di uomini parlano di strano gabiano che acrobata in puorto di Vladivostok. Craak vola subito fino a puorto. Vita noiosa in parco. A puorto vede gabiano, muolto acrobatico pensava. Poi io conosce bene bene e lui decide di insegnare Craak cuose del muondo. Così Craak migra verso Puortogalo e impara e diventa asistente di Banjeseiro».

Una settimana prima che la mongolfiera fosse pronta il corvo Craak si era messo in volo, con le poche informazioni che gli aveva dato Jimmy Del Vento su Petronius Oil. Era riuscito a trovare, non senza grande fatica, un circo diretto verso l'Italia. Carovane, una in fila all'altra.

La gente del circo non di rado conosce il linguaggio delle più disparate specie di animali e Craak non trovò difficile farsi intendere. Il direttore del circo, un uomo tutto pelle e ossa con uno sparuto ciuffo di capelli che spuntava al centro della testa, aveva ascoltato le sue vicissitudini, le avventure del gabbiano Banjeseiro, e infine quella che, per sommi capi, era stata la vita di Green Talbot.

Harold Flint, questo era il suo nome, si fece convincere. Dopo lo spettacolo che il suo circo doveva tenere alle porte di Bologna, avrebbe seguito il ragazzo nella sua avventura. Nondimeno, conoscendo di fama Petronius Oil, ed essendo venuto a conoscenza della sua smisurata passione per il circo, sperava di scucirgli un bel pacco di banconote.

La mongolfiera ormai puntava verso l'Adriatico, erano a poche ore di viaggio da Vallina. Atterrò vicino al grande tendone, proprio mentre lo stavano smontando per ripartire.

Il grande spiazzo di terra era pieno di furgoni, roulotte e grandi tende. Un giocoliere lanciava in alto birilli infuocati e li riprendeva pochi attimi prima che cadessero a terra. Un uomo enorme era immerso in una gigantesca vasca, rovesciando l'acqua oltre il bordo a ogni movimento. Dietro di lui un ometto mingherlino e dal viso lungo gli raschiava la schiena con una scopa gigante.

«Buongiorno» disse l'ometto mingherlino quando vide Green avvicinarsi.

«Salve» disse Green.

«Lei deve essere Green Talbot, a giudicare dal racconto del suo piccolo e nero amico».

«Sono io» disse Green Talbot, allungando la mano.

«Harold Flint. Mi scusi se non gliela stringo». Gli si avvicinò all'orecchio, e parlò sussurrando. «Questo è il lardoso pagliaccio Frick, la nostra attrazione più richiesta. Si arrabbia molto se qualcuno lo disturba durante il bagno. Pensi che pretende di essere lavato personalmente dal direttore del circo».

Green Talbot pensò che non fosse il caso di disturbare il lardoso pagliaccio Frick e proseguì oltre.

«Domani all'alba saremo in partenza!» gli disse il direttore.

Green Talbot tornò da Jimmy Del Vento, che stava discutendo di palloni aerostatici con due uomini vestiti di nero. I loro volti erano coperti da cappucci e attaccate alla schiena avevano due ali posticce.

«Loro fanno lo spettacolo dei corvi» spiegò a Green. «Si nascondono tra gli spettatori e sul più bello saltano fuori gracchiando. Hehe. Pensa a quanti spaventi».

«Povera imagine di cuorvo bistratata da uomini di circo» aggiunse Craak.

Quando ebbe finito di lavare il lardoso pagliaccio Frick, il direttore del circo raggiunse gli altri. Portò i suoi ospiti a vedere le tigri, maculate, bianche, e una specie rarissima di tigre viola del Tibet. Gli mostrò la gabbia delle scimmie volanti e l'elefante nano Taddeo.

«È una comodità con la frutta, guardate!»

Prese da una cassa vicina due banane, quattro mele e due pere, e le lanciò verso la bocca del pachiderma Taddeo che l'aprì e le fece scomparire in un solo istante. Subito dopo alzò la proboscide, la fece vibrare su, e giù, diede un colpo secco a sinistra, e poi di nuovo su, arrotolandola e srotolandola verso la mano tesa e aperta di Harold, che si riempì di una banana, due mele e una pera perfettamente sbucciate.

«Si prende metà della razione per il suo lavoro, ma

da quando c'è lui i nostri bambini mangiano più frutta. È importante, la frutta, per diventare uomini di circo grandi e forti! »

Green Talbot e Jimmy Del Vento passarono la notte nel retro di una carovana, mentre il corvo Craak, con sua stessa meraviglia, si ritrovò a parlare tutta la notte con i due uomini vestiti di nero. Erano fratelli, e il loro sogno da bambini era, appunto, quello di poter essere dei corvi. Per questo motivo consideravano il circo di Harold Flint, e in special modo il loro numero tra gli spettatori, come un'ancora di salvezza dal nero della vita.

Green Talbot non riuscì a chiudere occhio. Presto, pensò, avrebbe incontrato Eleonora.

Il giorno dopo si rimisero in viaggio. Riempirono di gas la mongolfiera di Jimmy Del Vento, che ci salì sopra insieme al corvo Craak, mentre Green Talbot si mise seduto accanto al direttore del circo, sulla prima carovana. I due decisero di accompagnarlo fino a destinazione, e poi avrebbero preso la via del cielo.

Attraversarono le lande umide della pianura e finirono a Vallina, a pochi chilometri dal Mare Adriatico, dove vivevano Petronius Oil e sua figlia.

Era un posto sperduto. Piccole case, un negozio di tabacchi e uno di frutta e verdura, una panetteria. C'era campagna dappertutto, da quelle parti. S'infilava tra le case, sui marciapiedi, rubava terreno ai fossi. Era come un grande mare di terra, pensò Green.

Al di là del paese troneggiava l'immensa villa di Petronius Oil, con la trivellatrice in disuso piantata nel mezzo della sua campagna, simbolo della sua ricchezza e del nuovo mondo che con tutta probabilità, di lì a pochi anni, avrebbe preso definitivamente il posto del vecchio.

Il circo attraversò le piccole strade tra lo stupore della gente, che mai aveva visto da vicino animali esotici e tante carovane messe una in fila all'altra, e nemmeno una mongolfiera che stava sospesa a pochi metri da terra.

Anche Petronius Oil si accorse di tutto quel movimento e osservò con malcelata curiosità la processione che si stava avvicinando alla sua villa. Era un uomo di mondo e la cosa gli puzzava parecchio. Tuttavia non si sentì di escludere che quel circo in arrivo potesse essere un bizzarro omaggio di qualche suo importante cliente. Decise di mandare gli inservienti ad aprire i cancelli e poi ordinò che sparissero. Aspettò davanti casa, proprio alla fine della strada in acciottolato.

Prima di arrivare all'ingresso Jimmy Del Vento lanciò a terra i sacchi di sabbia che aveva a bordo, e prese il volo con la sua mongolfiera, assieme al corvo Craak.

«Green Talbot» chiamò a voce alta.

Green alzò la testa.

«Il tuo viaggio è giunto alla fine. E per me è ora di andare».

«E dove andrai, Jimmy?»

«Dove mi porta il vento!»

Green Talbot li vide allontanarsi verso il cielo. Aveva la sensazione che quello non fosse un arrivederci, ma un addio.

«Grazie Jimmy! Grazie Craak! E salutami Banjeseiro».

Jimmy Del Vento continuò a salutare con la sua vecchia mano e l'espressione distesa, di chi ha trovato, dentro di sé, la via della serenità. Craak sollevò una delle sue piccole ali, nel modo più elegante che gli riuscì, proprio come aveva fatto tanti anni prima l'albatro Farinata sull'isola delle bottiglie perdute.

La fila di carovane superò l'ingresso della villa e si fermò. Subito la gente del circo si mise a scaricare casse e gabbie, e a montare piccoli palchetti tutt'intorno. Dalla prima carovana scese Harold Flint, che si diresse con una ostentata eleganza verso Petronius Oil, fino a raggiungerlo e piegarsi in un inchino prolungato.

«È un onore essere al suo cospetto» disse Harold Flint.

«Tagliamo corto» fece Petronius Oil. «Cosa siete venuti a fare?»

«Noi siamo un regalo, per lei e per sua figlia. Ma permetta che mi presenti». E allungò la mano verso il signor Oil. «Un semplice incaricato di ricerche per conto del museo dell'uomo. O, se preferisce, il direttore di questo circo».

In quel momento uscì anche Eleonora, attirata da tutto quel trambusto.

«Padre, il circo».

«Taci, e stai dietro di me» disse Petronius Oil con grande arroganza.

Eleonora si portava addosso una bellezza delicata e malinconica, la stessa che aveva incantato Green quando l'aveva vista la prima volta, su quel balcone, a guardare l'orizzonte.

«Un regalo, si diceva. Da parte di questo giovanotto» e indicò la sua carovana, dalla quale scese, con gli occhi fissi su di lei, Green Talbot.

Ma non fu solo uno sguardo. Fu un percorrere la strada sotto i suoi piedi, che finiva sull'erba, attraversare l'erba e arrivare a Eleonora, salirle addosso, carezzarle le gambe e il ventre, l'addome e i seni, e infine il viso.

Eleonora fece un sospiro, e si ricordò subito del giovane che l'aveva distolta dai suoi pensieri, il giorno della conferenza a Londra, e di quella strana sensazione durante il discorso di suo padre, simile a quella che provava adesso.

Non era mai stata attratta da nessun uomo. Se anche suo padre non si fosse dato tanto da fare per scoraggiare i pretendenti, ci avrebbe pensato il suo disinteresse. Eleonora riusciva a vedere i colori di cui erano fatte le persone, ma quello che le sembrava di scorgere, ovunque andasse, era la continua presenza di toni di grigio.

Appena Green scese da quella carovana, ancor prima che lui scivolasse tra la strada e l'erba e il suo corpo, come un vento leggero, lei lo vide, e per un attimo le mancò il fiato.

«È verde» disse raggiante di felicità a suo padre.

Petronius Oil la guardò, come si guarda un idiota.

«Bella e stupida, la dovevo fare».

Poi si rivolse a Green Talbot.

«Cosa vuole da me? Non mi sembra che ci conosciamo».

«Sono Green Talbot» disse Green Talbot avvicinandosi.

Indicò il circo.

«È un regalo per lei... Vengo dall'Inghilterra... Insomma, vorrei avere il permesso di conoscere sua figlia».

Le frasi non gli uscivano che spezzate, con parentesi di silenzio tra l'una e l'altra.

Le vene negli occhi di Petronius Oil pulsarono a tal punto da trasformare lo sguardo di quell'uomo in un concerto di bagliori scarlatti

«TU, TI PERMETTI DI VENIRE A CASA MIA

CON UN CIRCO DA QUATTRO SOLDI E VUOI IL PERMESSO DI PORTARTI VIA MIA FIGLIA? »

Era percorso da una furia cieca e improvvisa.

In quel momento Green Talbot capì: nessun circo avrebbe mai distolto quell'uomo dall'intento di tenere per sempre sua figlia accanto a sé. Per qualche attimo pensò di desistere, ma poi vide Eleonora che lo guardava, con occhi pieni di speranza. Gli chiedeva di portarla via da lì.

Fu allora che Green Talbot tentò il tutto per tutto. Con un gesto fulmineo scivolò accanto a Petronius Oil e afferrò la mano di Eleonora.

Petronius Oil si slacciò i bottoni della giacca con molta calma, e sfilò dai pantaloni una pistola enorme, con la canna lunga come quella di un fucile, e l'alzò alla testa di Green.

« Vattene » disse, con un tono che non ammetteva repliche.

Green Talbot non se ne andò. Socchiuse gli occhi e voltò leggermente la testa, in attesa dello sparo.

ARRIVEDERCI, SIGNOR GREEN

42

Il giovane medico finì di scrivere sul foglio e lo mise con ordine tra gli altri nella cartellina. Girò la maniglia della porta, e poco prima di uscire si voltò.

«È davvero finita così la sua storia?»

«Davvero» disse Green Talbot. Giaceva sul letto dell'ospedale e guardava verso l'alto, come se cercasse di ripescare dalla memoria qualche altro ricordo.

«Ripasserò domani, alla stessa ora».

Green Talbot non disse niente.

Era vecchio. Molto più vecchio dei suoi settantuno anni. La testa era ancora piena di capelli, bianchi come l'inverno. Gli occhi verdi erano infossati nel viso scavato dalle rughe.

Quell'ospedale era ormai la sua casa da diversi mesi. Le lenzuola e le pareti bianche erano un tutt'uno con il panorama che si intravedeva dalla finestra. Il cielo grigio di febbraio si mescolava ai rimasugli di neve sporca che si stava sciogliendo, cinque piani più sotto. Si mischiava con la terra brulla formando una fanghiglia marrone. La televisione nel corridoio mostrava le immagini di una città tedesca separata da un muro dopo la guerra. Soldati e bulldozer lo stavano facendo a pezzi. Un giornalista ripercorreva la vicenda, dal giugno scorso a quel momento. Diceva che il mondo non sarebbe stato più lo stesso.

Fino alla settimana precedente, quando le gambe lo reggevano ancora, aveva l'abitudine di uscire dalla sua camera dopo il pranzo servito dall'infermiera, e raggiungere il salottino nel corridoio. C'era un vecchio divano in stoffa.

Si sedeva lì, insieme agli altri pazienti, e rimaneva a guardare.

43

Si era fatto un amico, là dentro. Era un signore di nome Giovanni. Aveva più di ottant'anni, ma a guardarli sembravano della stessa età.

Giovanni aveva fatto la guerra, come Green. Avevano lottato dalla stessa parte, ma lui, nel 1944, era stato arrestato e deportato in Polonia.

« Il mondo sembrava inginocchiato in un mare di merda » assicurava.

Ma della sua esperienza non raccontò mai. Della gente ammazzata, del piazzista che governava l'Italia e del suo compare tedesco, degli amici che aveva lasciato e di tutti quelli che al suo ritorno non aveva più trovato.

« Lei ha un modo di parlare che non è di qui ».

« Infatti ».

« Sembra americano ».

« Sono nato in Inghilterra » disse Green. « Ma mia madre era italiana ».

Per Giovanni l'Inghilterra era un puntino nero sulla mappa. Anche gran parte dell'Italia era un puntino nero. Aveva vissuto in quel piccolo paese da sempre. Era sopravvissuto a due guerre, ed era tornato. La sua vita erano i campi. Gli piaceva alzarsi all'alba per andare al lavoro. In qualsiasi stagione, con qualsiasi tempo.

« Lo sa cosa preferivo fare, in campagna? Verso il

tramonto, d'estate, prendevo il mio sgabello. Era uno sgabello in legno, l'avevo fatto con le mie mani, queste» disse alzando i palmi raggrinziti. «Prendevo il mio sgabello e mi mettevo sotto una vigna, a intrecciare l'aglio. Se mi chiede cosa mi porterò dietro da questa vita» tossì quattro, cinque colpi secchi. «Intrecciare l'aglio, con tutta la campagna davanti. E i miei figli».

Fece una pausa. Si portò una mano alla bocca e tossì ancora altre sei, sette volte. Con l'altra tirò fuori un fazzoletto bianco dalla tasca del pigiama e lo mise davanti alle labbra continuando a tossire. Il fazzoletto si impregnò di piccole macchie rosse, ma Giovanni non sembrò farci caso.

«E lei ha figli, signor Talbot?»

«Li avrei voluti».

«Ah» disse Giovanni. «Cos'è un uomo, senza i figli».

Green fissò un punto indefinito davanti a sé. Gli occhi verdi vibrarono di un veloce brillare.

«Un uomo che finisce» disse.

44

Il giovane medico arrivò per la visita e lo vide che fissava l'orizzonte, oltre il vetro della finestra.

«Buongiorno» disse.

Green Talbot sembrava non essersi accorto di lui.

«Non c'è molto da guardare, là fuori».

Si girò, molto lentamente. Ormai faceva fatica a reggersi sulle sue gambe.

«C'è sempre qualcosa da guardare».

Lo visitò, scrisse le solite righe di appunti sulla cartellina che poi riponeva ai piedi del letto.

«Sono arrivati i nuovi esami».

«Cosa dicono?»

«Niente, è questo il problema. Sembra che lei non abbia niente, non riusciamo capire cosa...»

«Sto morendo» disse Green.

«Lo so».

Il giovane medico si era affezionato a quell'uomo. Aveva preso servizio all'ospedale un anno prima che lui arrivasse. Green Talbot, ogni settimana, per tutti quei mesi, gli aveva raccontato un pezzo della sua storia.

«Quando avrò finito, lei avrà risposta ai suoi dubbi da dottore».

Il giovane medico si accomodò sul bordo del letto. Non poteva affermare con certezza che quell'uomo fosse pazzo, ma di sicuro era convinto che avesse più di qualche rotella fuori posto. Nonostante tutto le storie che gli raccontava lo rapivano, lo portavano lontano dal mondo che aveva conosciuto fino ad allora.

«Era arrivato alla mongolfiera».

«La mongolfiera» disse Green. «Fino a quella settimana mi ero come fermato. Oh, facevo molte cose, incontravo persone importanti, e questo mi bastava. Allora non me ne accorgevo, sembrava che la mia vita a Londra fosse quello che ogni uomo poteva desiderare. Avevo un lavoro rispettabile, donne e molti soldi. Ma quando incontrai di nuovo Jimmy Del Vento sembrò che gli ingranaggi che avevo qui dentro» sollevò la maglia di lana e indicò la sua pancia, «si fossero rimessi in moto. Era come se mi fossi dimenticato chi ero, fino a quel giorno. Non so se mi capisce».

«E quell'incontro gliel'ha fatto ricordare».

«Jimmy non era una persona comune. Quando vidi quella mongolfiera pronta ad alzarsi in aria, mi resi conto che mi stava salvando per la seconda volta».

«Me la immagino, la sua mongolfiera colorata».

«Era una mongolfiera magnifica, l'ultima che Jimmy portò a volare nel cielo. Sa una cosa? Era convinto che non ce ne sarebbero più state. E invece ogni tanto, se si guarda in alto, se ne vede ancora qualcuna».

Green Talbot continuò a raccontare. Di quando si erano messi in viaggio, dell'incontro con il corvo Craak e del circo. Passò un'ora, e appena il medico riuscì a distogliere l'attenzione per guardare l'orologio, si accorse di essere in ritardo con le visite agli altri pazienti.

«E mi dica, cosa fece quando si trovò davanti a quell'uomo, Petronius Oil?»

«Be', per il finale ci vuole tempo, e credo proprio che lei in questo momento non ne abbia molto».

Il giovane medico soppesò quelle parole e si rese conto che Green aveva ragione.

«Torno il prossimo giovedì. Mi aspetti!»

Green Talbot sorrise. Se una cosa era certa, è che difficilmente sarebbe stato altrove.

45

Fu proprio in una di quelle mattine, in mezzo a febbraio, che Green Talbot sentì nell'aria un odore diverso.

Si svegliò verso le sette, come ogni giorno, e attese che l'infermiera gli portasse la colazione. Non aveva molta fame, ma si era affezionato ai piccoli riti dell'ospedale. La sveglia alla stessa ora, i tre pasti principali, la limonata al pomeriggio, la televisione con Giovanni, la visita del giovane medico il giovedì e le pastiglie tre volte al giorno.

Sentì un gruppo di persone parlare nel corridoio. Vide due, poi tre infermiere andare e tornare. Un signore in giacca passò davanti alla porta, si affacciò e proseguì oltre.

Decise di andare a vedere cosa stava succedendo. Mise le gambe giù dal letto, cercò con le dita la migliore aderenza al pavimento e con le mani poggiate al materasso si diede una spinta.

Il più era fatto, pensò.

Mise con fatica un piede davanti all'altro. Alcune persone stavano discutendo fuori dalla camera di Giovanni. Era a una trentina di metri, ma li sentiva come una grande distanza. Continuò a camminare, concentrandosi per non cadere. Riuscì a mantenere l'equilibrio sorreggendosi al muro con una mano.

Prima che raggiungesse la stanza le infermiere fecero

segno al gruppo di persone di seguirle e in breve scomparvero tutti al di là della porta in vetro del reparto.

« Aspettate » disse Green allungando una mano, ma nessuno di loro sembrò sentirlo.

L'ultima volta che aveva parlato con Giovanni era stata la sera prima, davanti alla televisione. Gli aveva fatto cenno di alzarsi dal divano e andare nella sua camera, che era la più vicina.

« Cosa c'è? » gli chiese Green.

« Dopo » disse Giovanni.

Entrò per primo e Green subito dietro.

« Chiudi la porta » disse.

Si sedettero entrambi sul letto, tirando il fiato.

« Green, io me la sento. Sento che sta arrivando ».

Lo disse con tutta la tranquillità che poteva raccogliere. Per qualche istante Green fu sul punto di credere che stesse scherzando.

« Me ne andrò in questo boia d'inverno. Ma la mia è stata una bella vita ».

« Campagna e figli » disse Green.

« Campagna e figli » confermò Giovanni. « Ma se c'è una stagione in cui proprio non volevo andarmene era l'inverno boia. Con questo freddo è come stare... »

'Inginocchiati in un mare di merda', pensò Green.

« ... inginocchiati in un mare di merda » confermò Giovanni. Poi continuò: « E tu mi farai una promessa: se proprio ti capiterà di andare al Creatore, o chi per lui, fallo quando i campi torneranno a essere verdi ».

« Oh, ma io non me ne andrò tanto presto ».

« Be', a guardarti non ci giurerei ».

« Fidati » disse Green, che non aveva alcuna intenzione di lasciare questo mondo su un letto d'ospedale.

« Non mi fido di un... di un... inglese ».

Per Giovanni, chiunque non era italiano, era un puntino nero sulla mappa. Anche se a dire il vero Green era diventato un po' più chiaro.

« Mezzo italiano... »

« Per questo me lo devi promettere. Gli italiani sono dei faccendieri. Se non promettono non mantengono ».

Green Talbot pensò che il vecchio ammasso di pelle raggrinzita che aveva davanti non sarebbe mai stato contento fino a che non gli avesse concesso quello che voleva.

« Lo prometto » disse.

Giovanni gli strinse la mano, e camminando piano ma deciso si avviò verso la sua stanza.

Green si affacciò alla porta.

« Tu non tiri le cuoia prima dei prossimi dieci anni, te lo dico io, vecchio rimbambito ».

Giovanni alzò il braccio per salutarlo, e senza nemmeno voltarsi disse: « La promessa, razza di inglese mezzo pazzo ».

Fu quello, il loro ultimo saluto.

Sapeva cosa avrebbe trovato una volta entrato nella stanza. Un letto rifatto, con le coperte pulite. Si sentì riempire da un vuoto incolmabile, ma il suo corpo non buttò fuori nemmeno una lacrima.

Invece si avviò, Green, con tutte le sue forze, con due gambe che sembravano mezza, e camminò, barcollante ma a passo spedito, fuori da quel reparto. Infilò l'ascensore e una volta al pianoterra aprì la prima porta in vetro, che dava su un marciapiede di servizio e si apriva sul grande campo che vedeva dalla sua finestra, brullo e fangoso.

Era così freddo, là fuori. Il vento della prima mattina soffiava, lento e continuo, aumentando d'intensità per brevi attimi. Green Talbot si sorreggeva al muro con entrambe le mani. Sentiva che le gambe non lo tenevano più, ma rimase in piedi.

Voleva andarsene da lì. Così, come aveva sempre fatto. Senza voltarsi indietro. Un piede avanti all'altro, e addio.

Fu il giovane medico a trovarlo, accovacciato su se stesso, che cercava con le ultime forze di non darla vinta alle sue gambe che lo abbandonavano. Lo aiutò a tirarsi in piedi cingendogli la schiena con un braccio e sollevandolo.

« Solo » disse, « non si vede ».

« Cosa? » gli chiese il giovane medico.

« L'orizzonte ».

Il grande spiazzo di terra brulla finiva su una strada dove passavano le automobili. Al di là di quella strada nuove case, terminate in tutta fretta, e altre ancora in costruzione.

« Su, dobbiamo tornare in camera » gli disse infine il giovane medico, tirando a sé la porta per aprirla.

Green si sentì mancare, ancora prima di varcare la soglia. Chiuse gli occhi e si abbandonò alle sue braccia.

46

Si risvegliò che era già sera. Provò a mettersi seduto sul letto e riuscì a farlo con grande sforzo. Si accorse solo qualche minuto dopo che le sue gambe si erano fermate, quando cercò di scendere per raggiungere il bagno.

Tolse con lentezza le coperte, e rimase a guardarle.

Le gambe continuavano a rimanere bloccate. La stanza era piena del silenzio che entrava dai corridoi, come uno spiffero. Cominciò a tossire, di colpo, una tosse forte e secca. Si fermò da sola, dopo qualche minuto.

Il giovane medico non arrivò che dopo un'ora.

«Mi sono liberato solo adesso» gli disse.

Green lo guardò, fisso negli occhi, ma il suo sguardo sembrava molto lontano da lì.

«Ci ha fatto prendere una bella paura».

«Le mie gambe».

«Non riesce più a muoverle».

«Già».

«È debole, signor Talbot. Adesso deve riposare. Vedrà che torneranno come nuove».

«Non camminerò più».

Il giovane medico voleva rassicurarlo, ma non era certo che sarebbe tornato a camminare. Il suo corpo si faceva più debole, ogni giorno che passava. Non riusciva ancora ad accettare che le persone non potessero guarire. Non era lì per quello, lui? Se lo chiedeva spesso.

Fu Green a parlare di nuovo.

« È imperdonabile ».

« Cosa? »

« In tutti questi mesi non le ho ancora chiesto di lei ».

« Non c'è molto da dire ».

« C'è sempre qualcosa da dire. Il suo nome. È un bel modo di cominciare ».

Si chiamava Paolo. Si era laureato da due anni e aveva fatto il tirocinio in quell'ospedale, e lì era rimasto a lavorare. Aveva sempre vissuto in quel piccolo paese, e un giorno di molti anni prima aveva incontrato una ragazza, e quella ragazza era diventata sua moglie.

« Come si chiama? »

« Sofia » disse. « Aspettiamo una bambina ».

Il giovane medico abbassò per un momento lo sguardo.

« Non è felice? » chiese Green.

« Sì, lo sono ». Rimase in silenzio qualche secondo. « Anche se ogni tanto ci penso. Soprattutto negli ultimi mesi, mentre lei mi raccontava della sua vita. Insomma, stare fermo in un posto, da sempre. Finisce che ti viene nostalgia per le cose che non hai conosciuto ».

« Una vita esclude l'altra » disse Green.

« Lo so ».

Faceva fatica a respirare. Il vento e il freddo della mattina gli erano entrati dentro, fino in fondo ai polmoni. Il suo corpo debole non avrebbe sopportato a lungo la polmonite che stava per arrivare.

« Torniamo a lei, adesso » lo incalzò il giovane medico.

« La fine della storia ».

« La fine della storia, già ».

«Insomma, mi ritrovai davanti a Petronius Oil, con tutto il circo dietro di noi e la mongolfiera di Jimmy Del Vento che stava prendendo il largo, un puntino in fondo al cielo. Ero convinto che la vista del circo gli avrebbe ammorbidito il cuore, a quell'uomo. Ma mi ero sbagliato. Certi uomini non si ammorbidiscono mai, qualsiasi cosa uno faccia. In ogni caso non avevo alcuna intenzione di lasciar perdere. Vede, c'era lei, era una vita che la cercavo, e ora stava lì, dietro suo padre. Aveva certi occhi, ha presente? Mi chiedevano di portarla via, quegli occhi, e di farlo in fretta. Così tentai il tutto per tutto e mi avvicinai, gli passai di fianco e presi la mano di Eleonora.

«Fu un attimo. Si slacciò i bottoni della giacca e infilata nei pantaloni c'era una pistola. La tirò fuori. L'avesse vista, una pistola enorme, la canna sembrava quella di un fucile. Me la puntò contro con calma, sembrava dovesse sbrigare uno dei suoi tanti affari. Mi disse 'Vattene'. Io rimasi lì fermo, e lui prese la mira. Credo che avesse tutta l'intenzione di spappolarmi il cervello».

«Ma non sparò...»

«Oh, e invece sparò, eccome. Il rinculo lo sbalzò all'indietro e il proiettile mi fischiò sopra la testa. Mancò di un pelo la spalla del direttore del circo, puntò dritto verso le sbarre di una gabbia, si sentì un clang sibilante, il proiettile rimbalzò e tranciò di netto i baffi della povera tigre che ci stava dentro, e se ne uscì dall'altra parte. Quando mi girai, vidi rovinare a terra il lardoso pagliaccio Frick. Bum, a terra, senza dire niente.

«Petronius fece qualche passo in avanti, e lasciò cadere la pistola. Vede, non era il circo la sua vera passione. Erano i pagliacci. Fin da quand'era bambino. Si sorbiva spettacoli interi per vedere i pagliacci. Credo che fino a quando non scoprì quel giacimento sotto il suo pezzo di terra desiderasse mollare ogni cosa con tutto se stesso e unirsi anche lui al circo con una pallina rossa sul naso. Ma questo me l'avrebbe raccontato Eleonora solo dopo diversi mesi.

« Comunque, si girò verso di me, disse solo 'Il pagliaccio no...' Furono le sue ultime parole. Si avvicinò alla gente del circo, senza dire niente. Era stravolto, se riesce a immaginarsi uno come Petronius Oil stravolto. Andò dritto verso il lardoso Frick, spalmato a terra, immobile. Non si accorse nemmeno che la tigre, dentro la gabbia, non c'era più ».

« Era stato... »

« Il proiettile, sì. Era rimbalzato sul lucchetto che la teneva chiusa, spezzandolo. La tigre lo azzannò da dietro, sul collo. Il domatore la raggiunse con la velocità di un fulmine e la frustò. Si calmò quasi subito. Ma quello che doveva essere fatto, era già stato fatto. Petronius si portò una mano alla gola, gli si bagnò in pochi secondi. Il sangue usciva che pareva una fontana, e dopo pochi secondi cadde lungo disteso, sopra al povero Frick ».

Si fermò per dare un'altra serie di colpi di tosse, che non riusciva a far smettere. Il giovane medico lo sistemò sul letto per alleviargli il dolore e in poco tempo Green smise di tossire. Prese dai piedi del letto la cartella medica e tirò fuori un foglio su cui scrisse alcune annotazioni. In quel momento entrò nella stanza un'infermiera.

« L'aspettano di sotto da dieci minuti ».

Lui guardò l'orologio. Era di nuovo in ritardo.

« Arrivo » disse.

Il giovane medico finì di scrivere sul foglio e lo mise

con ordine tra gli altri nella cartellina. Girò la maniglia della porta, e poco prima di uscire si voltò un istante.

« È davvero finita così la sua storia? »

« Davvero » disse Green.

Guardava verso l'alto, come se cercasse di ripescare dalla memoria qualche altro ricordo.

« Ripasserò domani, alla stessa ora ».

47

« Non può finire così » disse d'istinto il giovane medico appena riuscì a tornare nella stanza di Green, che stava bevendo con lentezza la sua limonata fresca e cercava di guardare oltre il vetro della finestra.

« E invece andò proprio così. La gente del circo seppellì Frick e Petronius Oil, uno vicino all'altro. Eleonora mi teneva la mano. Stava piangendo, ma senza lacrime. Guardava suo padre che veniva ricoperto di terra. Non l'aveva mai capito, ma lo amava. Succede spesso, con i genitori.

« Usarono come lapide una delle pedane in legno su cui si esercitavano i ballerini. Il direttore del circo pensò che fosse giusto scriverci qualcosa sopra. Si fece dare un tizzone ardente e si mise al lavoro. Lettera per lettera. *Ci sono i pagliacci, e quelli che vorrebbero diventarlo.* Scrisse così. Senza metterci i nomi, e nessuno ebbe niente da ridire.

« Così alla fine se ne andò il circo, con tutti i suoi carri, e se ne andò anche quella giornata, l'ultima di questa storia ».

Il giovane medico non riusciva a capire. E tutti gli anni a venire?

« Quella è un'altra storia, ma rimarrà solo mia e di Eleonora. Vuole sapere se siamo rimasti insieme? Sì, e le posso dire che è stata, tra tutte, la mia avventura più importante. Ma gli amori, se raccontati, perdono un po' della loro magia, non crede? Purtroppo lei se ne è andata da questa vita quasi un anno fa. Lo spieghi alla sua Scienza: è per questo che tra un po' me ne andrò anch'io. Se è finita da qualche parte, stia sicuro che la troverò». Si fermò qualche secondo, a riprendere fiato. «E lasci che le dica che cosa ho imparato da tutto questo: che l'inizio e la fine di una storia non contano, e nemmeno la strada fatta nel mezzo ha poi molta importanza. Sa cos'è l'importante?»

«Cosa?»

«Le fermate».

Il giovane medico mise la sua mano sopra quella di Green.

«C'è qualcosa che posso fare per lei?» gli chiese prima di andarsene.

«Racconti la mia storia a sua figlia, se avrà voglia di sentirla. E ancora una cosa. Sa dirmi se è arrivata la primavera? Da qui non riesco a vedere».

Il giovane medico aprì la finestra e si affacciò.

«Credo ci vorrà ancora qualche settimana, purtroppo».

In piena notte Green Talbot si svegliò di soprassalto e cominciò a tossire. Non riusciva più a respirare. Allungò la mano alla cieca dietro di lui a cercare il pulsante per avvertire l'infermiera, ma non riuscì a trovarlo. Cercò di limitare i colpi di tosse e raccogliere un po' d'aria. Un po' alla volta riprese il respiro. Dopo pochi secondi sentì picchettare alla finestra. Si voltò in quella direzione e scorse la sagoma in penombra di un cardellino. Cercò di mettersi in piedi, senza riuscirci. Allora chiuse gli occhi, Green, e percorse tutte le fibre, tutti i muscoli di quel suo corpo stanco. Percepì di nuovo la consistenza delle sue deboli gambe, e ordinò loro di muoversi.

Fu uno sforzo enorme, ma alla fine si ritrovò in piedi. Attraversò la stanza immersa nella penombra. Superò la porta del bagno, l'armadio e il calendario su cui era segnata la data del giorno. 25 febbraio 1990. Girò la manopola della finestra e l'aprì.

«Salve» disse il cardellino.

«Salve a te, piccolo amico» lo salutò Green. «Cosa ci fai in questo posto?»

«Credo sia ora».

«Lo credo anch'io».

Il cardellino volò sulla spalla di Green, che fece forza sulle braccia e salì sulla finestra, tirandosi in piedi con molta fatica. Il cardellino spiccò il volo e volteggiò sopra la sua testa.

«Dai. Puoi farlo anche tu, se ci provi».

«È difficile?»

«Non molto, se prendi l'aria nel modo giusto».

E così, Green Talbot saltò. Il suo corpo cadde a peso morto verso il terreno brullo e fangoso dell'ospedale, ma poi, dopo pochi istanti, si sentì sempre più leggero, fino a fermarsi. Alzò le mani e cominciò a muoverle verso l'alto, e raggiunse il suo nuovo amico, che riprese a volare. Si allontanarono da questo mondo, verso il cielo, al di là della notte che schiariva.

In quello stesso istante il giovane medico si svegliò di soprassalto, con uno strano presentimento. Sua moglie dormiva. Si infilò i primi vestiti che riuscì a trovare, uscì di casa e salì in macchina. Guidò verso l'ospedale a folle velocità. Quando arrivò, l'ultimo spazio di notte se n'era andato e un timido sole illuminava la strada.

Raggiunse di corsa la stanza di Green Talbot e quando vide il letto vuoto e la finestra spalancata capì, tutto quanto. Scese le scale, con due gambe che sembravano quattro, aprì la porta di sicurezza sul retro e rimase a guardare il vasto terreno. Vide con sorpresa che la poltiglia di fango aveva lasciato posto a un grande prato verde che stava nascendo. Qua e là cominciavano a fiorire le prime forsizie. In fondo, piccolo e distante, il corpo di un uomo, raggomitolato su se stesso, che sembrava dormisse, sull'erba.

Mattia Signorini
Lontano da ogni cosa

Eravamo biglie, eravamo foglie a cavallo del vento, e dove ci avrebbe portato la spinta, dove il vento, non ci era dato sapere

Vita quotidiana in un appartamento di studenti. Anni universitari. Alberto, Chiara, Stefano. I tre vertici di un triangolo fatto di energia, di amicizia, di amore. Dagli anni dell'università agli esami della vita, dalle speranze alle disillusioni. Il triangolo si spezza e si rinsalda sempre, l'energia s'interrompe e poi ritorna a scorrere...

Tra la Padova universitaria, la Milano del glamour e la Roma del cinema, un romanzo che parla di gioventù e di rabbia, di tenerezza e di indifferenza; della ricerca di un'identità e della scoperta, alla fine, di essere sempre lontano da ogni cosa.

« Un romanzo che mette a nudo soprattutto i sentimenti, quelli forti, autentici, con una carica emozionale rara, che coinvolge i lettori. »

Fulvio Panzeri

ROMANZO **SALANI**

Fotocomposizione Editype s.r.l.
Agrate Brianza (Milano)

Finito di stampare
nel mese di febbraio 2009
per conto della Adriano Salani Editore S.p.A.
da Grafica Veneta S.p.A. di Trebaseleghe (PD)
Printed in Italy